NOTICE HISTORIQUE

SUR LA TERRE SEIGNEURIALE

ET

SUR LES SEIGNEURS

DU

SART-DE-DOURLERS.

NOTICE HISTORIQUE

SUR LA TERRE SEIGNEURIALE

ET

SUR LES SEIGNEURS

DU

SART-DE-DOURLERS

Par LEBEAU (Isidore),

PRÉSIDENT DU TRIBUNAL DE PREMIÈRE INSTANCE D'AVESNES,
PRÉSIDENT DE LA SOCIÉTÉ ARCHÉOLOGIQUE DE CETTE VILLE ,
MEMBRE CORRESPONDANT DU MINISTÈRE DE L'INSTRUCTION PUBLIQUE POUR
LES SCIENCES HISTORIQUES, DE LA SOCIÉTÉ DES ANTIQUAIRES DE FRANCE,
DE LA COMMISSION HISTORIQUE DU DÉPARTEMENT DU NORD,
ET DE PLUSIEURS AUTRES SOCIÉTÉS SAVANTES ;

MISE DANS UN NOUVEL ORDRE ET CONSIDÉRABLEMENT AUGMENTÉE

Par MICHAUX aîné,

VICE-PRÉSIDENT DE LA SOCIÉTÉ ARCHÉOLOGIQUE D'AVESNES,
MEMBRE CORRESPONDANT DE LA COMMISSION HISTORIQUE
DU DÉPARTEMENT DU NORD , DU CERCLE ARCHÉO-
LOGIQUE DE MONS ET DE LA SOCIÉTÉ
DUNKERQUOISE.

A AVESNES,
CHEZ MICHAUX AINÉ, ÉDITEUR, GRANDE PLACE.

M DCCC L IX

NOTA

Tout ce qui est signé A.J.M., ou entre deux crochets [ ] est propre à l'éditeur.

IMPRIMERIE DE E. PRIGNET, A VALENCIENNES.

EXPOSÉ PRÉLIMINAIRE.

Déjà M. le président Lebeau avait publié, dans l'*Alma-nach de l'arrondissement d'Avesnes*, année 1843, (pages 184 et 188), des articles historiques sur les villages de Dourlers et de St.-Aubin, lorsque, vers 1846, il fit paraître, dans les *Archives historiques* (2e série, tome V, page 431 à 437), sous le titre : *Le Sart de Dourlers*, une notice traitant non-seulement de ces deux villages, mais encore de ceux de Floursies et de Semousies, et qui, quoique plus développée, est cependant encore bien incomplète. En effet, le public, tout en reconnaissant la supériorité des productions historiques de M. Lebeau, n'en a pas moins regretté de voir cet article resserré dans sept pages d'impression in-8o : il aurait voulu des développements, que comportait d'ailleurs le sujet.

On a essayé, dans la nouvelle édition qui va suivre, de

remplir les lacunes du premier travail. On s'est beaucoup
aidé, en cette circonstance :

1° Des *Monuments anciens* de St.-Génois, ouvrage pré-
cieux, trop peu répandu et trop peu consulté ;

2° De l'*Annuaire statistique du département du Nord*,
année 1836 ;

3° De l'intéressante *Notice historique* publiée par M. Z.
Piérart, en 1850, sur les quatre villages de la terre de
Dourlers ;

4° Des *Archives* de la maison de Bady, communiquées à
l'éditeur par M. le marquis de Nédonchel, avec une obligeance sans égale.

Il reste à voir si cette nouvelle œuvre, pour être plus vo-
lumineuse que l'ancienne, en vaudra mieux.

A. J. M.

NOTICE HISTORIQUE
SUR LA SEIGNEURIE ET SUR LES SEIGNEURS
DU
SART-DE-DOURLERS.

TITRE Iᵉʳ.

LA TERRE SEIGNEURIALE DU SART-DE-DOURLERS.

Chapitre Iᵉʳ.

SITUATION ET ÉTENDUE DE LA SEIGNEURIE.

Le *Sart-de-Dourlers*, vaste plateau bocageux, assez généralement humide, coupé de petits cours d'eau, et dont le nom semble dénoter un domaine conquis sur les bois et les broussailles, était autrefois presque entièrement environné de forêts. C'étaient, au midi, la haie d'Avesnes, dont il reste

2

encore quelques parties ; au couchant, des bosquets, dont plusieurs subsistent encore ; au nord, le bois d'Eclaibes, et au levant le bois de Beugnies, dépendance de la Haie-d'Avesnes.

Il comprenait les territoires de Dourlers, au centre ; de St.-Aubin, à l'ouest ; de Floursies et de Semousies, à l'est, et présentait une étendue de 2650 hectares environ.]

[## Chapitre II.

ORIGINE, CONSISTANCE, MOUVANCE ET TITRES FÉODAUX DE LA SEIGNEURIE.

Le Sart-de-Dourlers paraît avoir été éclissé, vers la fin du XIIe siècle, de la terre et seigneurie d'Avesnes, dont il devint un fief-lige.

Bientôt, il releva directement du comté de Hainaut ; puis, dans le XVe siècle, il fut englobé, avec Ecuelin, dans la terre d'Aymeries, pour le tout ne faire qu'un seul et même fief ; que le duc de Bourgogne déclara *terre franche*.

Ce fut seulement vers 1618 que le Sart-de-Dourlers, détaché du domaine d'Aymeries, redevint un fief particulier, ample et mouvant du comté du Hainaut.

Il consistait, en 1662, suivant une affiche qui en annonçait la vente pour le 9 janvier 1663 : « en quatre villages à « closchers, tels que Dourlers, St.-Aubain, Floresies et Se-« mouzies, tout contigus et d'un seul comprendement ; en « toutes justices haulte, moyenne et basse ; en droicts sei-« gneuriaux d'aubanité, bastardise, confiscations d'homi-« cides, treuves de mouches à miel, congés de mariages, de « deschargeage, de gambages et afforages ; en un droit de

« terrage, à Dourlers, à St.-Aubain, à Semousies, » et, en
outre : 1° à Dourlers, « en une maison seigneurialle, avec un
« jardin fruictier et potager, contenant trois razières ou en-
« viron; en une cense, avec 22 journées de prets et pastures,
« et 203 razières de terre ou environ ; en rentes seigneu-
« riales ; — 2° à St.-Aubain, en une maison manable, et
« mollin banal aux habitans dudit Sart-de-Dourlers ; en 50
« journées de prets ou pastures et 55 razières de terres ; —
« 3° à Floresies, en rentes seigneurialles et en neuf journées
« de prets, 20 razières de pastures et 2 razières de terre ; —
« 4° à Semousies, en rentes seigneurialles, en une cense
« avec 28 journées de prets ou pastures et 194 razières de
« terre ; — 5° enfin, en un bois appellé le *Grand-Bois-Le*
« *Roy*, despendant desdits villages du Sart-de-Dourlers,
« contigu à iceux, contenant 724 razières. »

Indépendamment des droits ci-dessus désignés, il y avait,
d'ancienneté, assise dans les quatre villages de la seigneurie, une taille dite *de St.-Remi*, d'après laquelle il devait
être payé au seigneur, pour chaque rasière de terre, quatre
deniers annuellement. Cette redevance, qui remplaçait le
droit de main-morte, avait elle-même été convertie en un
abonnement que, dans les derniers siècles, chaque commu-
nauté payait sur les fonds de sa *massardrie* (caisse communale).

Les habitants de St.-Aubin devaient, de plus, trois muids
d'avoine, pour représenter le droit de *feuwage* qui, autrefois, se payait au seigneur à raison d'une rasière de cette
sorte de grains par manant, chef de famille. Il n'était exigé
de la veuve qu'un demi-droit.

Le fief du Sart-de-Dourlers, qui n'avait pas d'arrière-fiefs,
ne fut titré qu'en 1781. Par des lettres-patentes datées de
Versailles, au mois d'avril de ladite année, il fut érigé en

comté, sous le nom de *comté de Normont*, pour continuer à relever, comme fief ample, de la couronne de France, substituée, depuis la paix de Nimègue, en 1678, aux droits du comte de Hainaut.

L'une des principales prérogatives de la seigneurie était incontestablement le droit de justice. Ce droit était exercé au nom du seigneur, par un de ses officiers, ayant le titre de prévôt, et dont les jugements étaient portés en appel au Parlement de Flandre.]

[

Chapitre III.

VALEUR ET REVENU ANNUEL DE LA SEIGNEURIE.

Déjà dans le xive siècle, le Sart-de-Dourlers avait une assez grande importance, qu'il conserva par la suite, même durant son annexion à la terre d'Aymeries. Toutefois, il serait difficile, pour ces temps éloignés, de résumer sa valeur par des chiffres : ce n'est guère qu'à partir du xviie siècle que l'on a des données précises à cet égard.

On sait que cette terre produisit comme revenu net : en 1672, 4389 livres, et, en 1677, 5540 livres. — Mais, en 1688, tandis qu'elle était frappée de confiscation de la part du gouvernement français, elle fut admodiée pour 2000 livres de France par an, seulement. — Il résulte cependant des comptes-rendus aux créanciers de la dame de Dourlers, pour l'année 1694, que la recette des biens de cette seigneurie, qu'ils avaient fait saisir, s'éleva à 10,049 livres ; la dépense à 6110 livres et conséquemment le reliquat à 3939 livres. — Au commencement du siècle suivant, on en évaluait le revenu, pour une année de paix, à 5365 livres, déduction faite de toutes les charges, comptées pour 3140 livres. — Les dénombrements fournis successivement au suzerain, en 1712, 1716, 1722, 1724 et 1741, accusent un revenu annuel de 2500 florins. — En 1781, il est évalué à 4000 florins (1).

Quant à la valeur, en capital, du domaine et de tous les droits seigneuriaux, elle est indiquée, dans différents actes : en 1709, pour 77,000 florins ; en 1735, pour 70,000 livres ; en 1781, pour 110,000 livres ; et, en 1789, pour 120,000 livres, monnaie de France.]

Chapitre IV.

DÉTAILS PARTICULIERS SUR LES PRINCIPALES LOCALITÉS QUI COMPOSAIENT LA TERRE SEIGNEURIALE DU SART-DE-DOURLERS.

[Après avoir donné sommairement une idée de ce qu'était la seigneurie du Sart-de-Dourlers, on va entrer dans quelques détails sur les villages dont elle était formée.]

[**Ire Section.**

LA COMMUNE DE **DOURLERS** AVEC SES DÉPENDANCES.

Le nom de ce village est écrit, dans les anciens titres, de différentes manières : *Dorleir*, *Dorler*, *Dorlers*, *Dourleïs*, *Dourlai*, *Dourler*, *Dourleers*, *Dourlers*.]

---

(1) Le florin valait une livre un quart ou 25 sols de France.

[

§ Ier.

Détails géographiques et statistiques.

Position : Dourlers est un ancien village, situé à 6^k N. d'Avesnes, à 9^k E. de Berlaimont, à 11^k 5 S. de Maubeuge, et à 11^k O. de Solre-le-Château. — *Latitude* N., 50° 10' 60". — *Longitude* E., 1° 36'.

Territoire communal. Configuration : il présenterait une figure assez régulière, sinon une pointe qui va aboutir, à 3^k 5 de l'église, au bois de Beugnies, en suivant le chemin de Solre-le-Château. — Altitude : 200^m à l'extrémité de cette pointe, et 193^m près de la route impériale, au N. du territoire. — Superficie : 870 hectares, dont en pâtures, prés et vergers 243^h, en terres labourables et jardins 535^h, en bois 33^h, se rapportant aux bosquets du *Roi*, du *Château* et du *Trieu-Gaillon;* enfin, en propriétés bâties et d'autres natures 59^h; le tout réparti en 2089 parcelles groupées en trois sections.

Lieux-dits : Outre le corps du village de Dourlers, où se trouvent l'église et le presbytère, la mairie et l'école, le château, il existe plusieurs hameaux : à l'E., le *Mont-Dourlers*, qui est le plus important. Il est traversé par la route impériale n° 2 ; au N.-O., la *Louveterie;* au S., les *Grands-Tries*, ou *Aulniaux.* On y remarque aussi la *Basse-Cour-du-Château* et la *Cense-Deroisin.*

Cours d'eau : Le ruisseau de la *Braquenière*, venant de Floursies ; celui des *Marquais*, dont la source est à Semousies ; enfin, celui dit de *St.-Eloi*, provenant de la fontaine de Floursies , et qui passe au pied du château de Dourlers. Ces ruisseaux se réunissent au-dessus du moulin de Saint-Aubin et forment le *Tarsy*, petite rivière qui a son embouchure dans la Sambre, au-dessous de Leval.

Voies de communication : La route impériale n° 2, de Paris à Mons, coupe le territoire du S. au N., à travers le Mont-Dourlers ; cinq chemins vicinaux ayant ensemble une longueur de 5ᵏ 150, et divers chemins ruraux. Parmi les chemins vicinaux figure l'ancien chemin de Berlaimont, construit en pierres en 1727, restauré en 1754, entièrement réparé en 1772 et en 1777, au moyen de fonds alloués, en grande partie, par l'intendant du Hainaut, et de corvées requises, par le seigneur du lieu, sur les habitants de sa terre.

Population : En 1469, Dourlers et St.-Aubin réunis comptaient 72 feux, et, au commencement du xviiᵉ siècle, ils en avaient 140. Vers 1765, Dourlers, seul, était cotisé pour 50 feux, et il y avait, en 1806, 614 habitants ; en 1821, 779 ; en 1826, 790 ; en 1831, 738 ; en 1836, 840 ; en 1841, 918 individus se répartissant, selon leur état-civil, comme il suit :

Sexe masculin.	Garçons	272	496		
	Hommes mariés	208			
	Veufs	16		918	
Sexe féminin.	Filles	199	422		(1)
	Femmes mariées.	187			
	Veuves	36			

Dans ce nombre, on compte 97 indigents.   ]

[§ II.

Administration.

Dourlers et St.-Aubin n'avaient autrefois qu'une seule

---

(1) Depuis, la population de Dourlers s'est accrue : après avoir été recensée pour 915 âmes en 1846, elle s'est élevée en 1851 à 940. Elle est aujourd'hui de 960 habitants.   (A. J. M.)

administration, une seule mairie. Ils étaient même encore cotisés en commun pour les charges publiques, en 1724. Ce n'est que l'année suivante qu'il y eut dislocation. — L'un comme l'autre, ils étaient régis par la coutume du Hainaut, et faisaient partie du gouvernement, de la prévôté et de la subdélégation de Maubeuge. — Compris, en 1790, dans le district d'Avesnes, Dourlers devint alors le chef-lieu d'un canton, comptant 1107 citoyens actifs, divisés en deux assemblées primaires, et composé des 14 municipalités suivantes :

Aulnoye,	Dourlers,	Monceau-Saint-Waast,
Aymeries,	Eclaibes,	
Bachant,	Ecuelin,	St.-Aubin,
Beugnies,	Floursies,	St.-Remi-Chaussée,
Dompierre,	Limont-Fontaine,	Semousies.

Dourlers cessa d'être chef-lieu de canton en l'an X, et fit, dès-lors, partie du canton d'Avesnes-Nord.

Sous le rapport du culte, la paroisse de Dourlers, avec titre de cure, a toujours fait partie, jusqu'à la Révolution, du décanat d'Avesnes, même en remontant au xii° siècle. — L'abbaye d'Hautmont avait la collation de cette cure. — Depuis le rétablissement du culte en 1802, la paroisse forme une succursale encore du décanat d'Avesnes. — Voici les noms de la plupart des prêtres qui l'ont desservie depuis quelques siècles :

Nicolas Lixon . . . 1507.	P.-A. Derocquignies. 1785.
Jean de Reusme . . xvi° s.	Bonnaire . . . . . 1790.
Valentin Herbecq . . xvi° s.	J.-B. Watier. 1802—1821.
Et ne Naveau . 1620—1663.	Dumet . . . 1822—1828.
Denis Honoré. 1677—1733.	Desoblin . . 1828—1846]
Antoine Pier. . . . 1743.	

Dourlers, qui est le chef-lieu d'une perception, possède un bureau de bienfaisance assez bien doté, et une école communale. — Il est desservi par le bureau de poste d'Avesnes.]

[## § III.

Agriculture, Industrie et Commerce.

Agriculture. La culture des terres et des pâturages prend chaque jour du développement à Dourlers. On y obtient de très-bons produits en blé, en avoine et en plantes fourragères.

Carrières. Il y a, dans cette commune, des carrières de pierres et de sable ; il s'y trouve même du marbre dit *Brèche du Hainaut,* appelé ainsi, sans doute, parce qu'il a quelque ressemblance avec la *Brèche d'Alep,* sauf qu'il est plus brun ; mais il n'a été que peu exploité : la carrière était déjà abandonnée en l'an xi.

Laines. En 1576, il y avait déjà, à Dourlers, des peigneurs de *saïette* (laine). Cette industrie, en se développant, y a amené la fabrication des serges, cazées et autres étoffes grossières de laine.

Clouteries. Une fabrique de clous a été établie, en 1815, dans cette commune, où elle a pris une grande extension. Il n'y a pas moins de 150 ouvriers employés tant à Dourlers que dans les alentours. Les produits qu'on y fabrique sont en partie vendus dans le département ; le surplus s'expédie dans l'intérieur de la France.

Autres établissements. Il existe aussi, à Dourlers, deux brasseries, deux fabriques de chicorée, un atelier de boisselleries, des fours à chaux, etc.]

§ IV.

Monuments et Curiosités.

I.

Les Ruines d'un aqueduc romain.

On voit encore à Dourlers, à l'extrémité N. du territoire, près du chemin *Douteux*, et] bordant le pied d'une haie, un long débris du mur qui soutenait, en cet endroit, l'aqueduc que les Romains avaient fait construire pour fournir de l'eau à Bavai.

[Nommée vulgairement *mur des Sarrazins*, cette muraille, dont les parements sont généralement tombés de vétusté, est tellement dégradée, surtout dans sa partie inférieure, qu'elle est à jour et ne s'appuie plus guère sur le sol qu'en quelques endroits. Ce qui en reste et qui accuse 19^m de long sur 0^m 90 de haut et un mètre d'épaisseur, présente une masse informe de maçonnerie, où le mortier, durci par le temps, fait corps en quelque sorte avec la pierre.

On a peine à comprendre comment ce mur, placé, de longue date, dans les plus mauvaises conditions possibles de conservation, ait pu se maintenir debout depuis tant de siècles ; il ne serait pas impossible qu'il subsistât encore bien longtemps, si la main de l'homme ne venait pas, une fois ou l'autre, en hâter la ruine.]

II.

L'Eglise paroissiale.

Il existait déjà une église à Dourlers dans la première moitié du xiie siècle. L'abbaye d'Hautmont en possédait un tiers, avec l'autel, comme on le voit par une bulle du pape

Innocent II du 2 des ides d'avril 1131, confirmative de la possession des biens de ce monastère.

L'église de Dourlers était, en 1186, le siége d'une paroisse qui faisait partie, comme maintenant, du décanat d'Avesnes.

L'église actuelle est vieille. La tour et la nef principale sont les parties les plus anciennes de l'édifice, dont on peut faire remonter l'origine au xive siècle. — Les chapelles latérales sont bien postérieures ; les voûtes en sont lambrissées en bois. Sur celle de la chapelle de droite, dédiée à saint Médard, patron du lieu, on remarque, environnés de guirlandes et de pots de fleurs peints, et dont les couleurs sont encore bien vives, le millésime de 1517 et l'inscription suivante, en caractères gothiques :

IHS MA

signifiant évidemment : *Jesus, Maria.* — Les petites nefs paraissent moins anciennes. Obscures et mal construites, elles produisent un effet disgracieux. — Le chœur ne date que de 1687. Il fut bâti aux frais de l'abbaye d'Hautmont, qui avait la collation de la cure, et n'a rien de remarquable. On voit, dans les murailles de la tour, des pierres taillées provenant évidemment de constructions antérieures. La tour et la flèche qui la surmonte, et qui est depuis longtemps fort inclinée, n'ont ensemble que 23m 20 d'élévation.

Parmi les plus anciennes pierres tumulaires qui existent dans l'église, toutes plus ou moins altérées, on distingue celle d'un « PREVOST DV SARS DE DOVRLERS QVI TRESPASSA L'AN XIIe LIII, LE XIII DV MOIS DAOVST.» C'est tout ce qu'on peut lire de l'inscription qui borde la pierre. — Un caveau, établi sous le pavé du chœur, était réservé pour la sépulture des seigneurs du lieu. On voyait autrefois, adossée au mur du chœur, une grande table de marbre, couverte d'épitaphes se rapportant à des membres de la famille Bady ; elle a disparu pendant les mauvais jours de la révolution. Il y avait aussi maintes autres tombes élevées à la mémoire de seigneurs et de dames du Sart-de-Dourlers, morts pendant le xviie siècle ; mais la plupart de ces monuments subirent le même désastre.]

[

III.

Le Château seigneurial.

L'ancien château de Dourlers existait au centre du village, dans une pâture longeant, au nord, la place publique, et qui est encore connue, de nos jours, sous le nom de la pâture *de l'Tour* ou *de la Tour*. — La preuve s'en trouve d'un dénombrement du 20 juin 1782, dans lequel, en énumérant les biens de la seigneurie, on indique « 4 rasières 1|2 ou « environ de pasture, y compris une petite partie, eschan- « gée avec la cure, où a été cy-devant le chatteau, commu- « nément appelée la pasture du seigneur ou *de l'Tour*, te- « nant du midy à la place, du levant à la veuve Fiévet, du « septentrion à la ruelle de la cure et du couchant au ruis- « seau... »

Ce château, dont on doit faire remonter la construction au xiiie siècle, au plus tard, était en ruines vers 1450 : on n'y voyait plus debout qu'une vieille tour, sorte de donjon écourté, dégradé, dominant des masures affreuses, qui l'environnaient. Il resta dans cet état jusque vers l'an 1618. Dès-lors, les seigneurs de la famille de Lestang relevèrent quelques bâtiments au pied de la tour pour y établir leur résidence ; mais ces constructions nouvelles, d'ailleurs légères, ne tardèrent pas à éprouver le sort de celles qui les avaient précédées. L'acte de la vente faite, en 1664, de la terre de Dourlers indique, en effet, une maison seigneuriale

« *ruinée*, avec un jardin fruitier et potagier contenant trois
« rasières ou environ. » En 1694, on « démaçonnait des
« briques à la maison seigneuriale de Dourlers pour paver
« la cuisine et raccommoder la cense de Semousies. » Enfin,
en 1712, suivant le dénombrement fourni le 4 mars, le château n'était plus « qu'une masure avec tour, » qui ne tardèrent pas à être entièrement démolies.

Le château moderne, dans lequel on a fait entrer la plupart des matériaux de l'ancien, fut élevé peu de temps après,
mais sur un autre emplacement plus au sud. La construction en est due à Pierre Bady, sgr. d'Aymeries et du Sart-
de-Dourlers, qui trouva préférable de placer le nouvel édifice
au bord du ruisseau de la fontaine de St.-Eloi, un peu au-
dessous du corps du village. Quoique toujours désigné sous
le nom de *château,* c'est tout simplement une belle maison
de campagne, régulièrement bâtie en pierres et briques et
dans d'assez grandes proportions. Elle forme un carré long
de 33ᵐ sur 14ᵐ et n'a, outre le rez-de-chaussée, qu'un seul
étage. De beaux jardins, des terrasses, des pièces d'eau,
vinrent successivement ajouter à l'agrément de cette demeure
seigneuriale, qu'on ne cessa d'embellir jusqu'à la révolution.
Mais, dans ce temps de crise, elle faillit être anéantie.

Déjà le château avait été pillé et dévasté par la populace,
quand, vers la mi-octobre 1793, les troupes républicaines
vinrent prendre position au-dessus du village, au sud, vis-à-
vis des impériaux qui occupaient les hauteurs du côté opposé.
C'est alors qu'eut lieu le *Combat de Dourlers,* durant lequel
le château, alternativement pris et repris par les Français et
les Autrichiens, fut criblé de boulets et dévasté. Les soldats
de la République, qui s'y installèrent ensuite, continuèrent
l'œuvre de destruction : ils convertirent en bois de chauffage des lambris, des boiseries et même des planchers qui
avaient échappé aux premiers désastres.

Confisqué et déclaré domaine national, avec ses dépendances, le château de Dourlers, — qui était « composé de
« huit belles places hautes et huit places basses, plusieurs
« cabinets et mansardes, des grands greniers et six ca-
« ves, » avec quelques dépendances, entr'autres » à gauche,
« en entrant par la grande porte, plusieurs remises et une
« chapelle, » — fut vendu publiquement devant les admi-
nistrateurs du département du Nord, le 17 prairial an VI,
au s^r André, de Douai, moyennant le prix de 108,000 francs.
On ouvrit les enchères sur 4,500 francs, représentant les
trois quarts de l'estimation des biens, et l'adjudication ne fut
prononcée qu'après avoir allumé successivement 61 feux !
Quelque élevé que paraisse ce prix au premier aperçu, il
atteint pourtant à peine le sixième de la valeur réelle de
ces propriétés. C'est que, en définitive, le prix de 108,000
francs a été soldé au moyen de 4,259 francs 25 centimes en
argent. — Le château, avec les jardins et autres dépendances, la pâture Agathe et le bosquet tenant à ces jardins
ont été rétrocédés à M. Charles Bady de Normont, le 19
mai 1807, pour la somme de 6,000 francs, par F. Wiringer,
à qui ils appartenaient comme commands des acquéreurs
primitifs.

Abandonné après les mauvais jours de la révolution, ce
château, pendant longtemps,] n'attira plus l'attention que
par l'état de délabrement où il se trouvait et par le souve-
nir qui s'y rattachait.

[A la mort de Charles Bady, comte de Normont, en 1832,
tous ses biens passèrent à son frère Bertrand, qui, vieux et
valétudinaire, ne songea pas à restaurer le château de
Dourlers. Ce dernier rejeton de la branche cadette des
Bady mourut à son tour en 1845, après avoir institué,
pour sa légataire universelle, Mme Aimée-Sophie, marquise

de Nédonchel (1), à qui il laissa le soin de cette restauration.]

[IV.

L'Hôpital et la Chapelle du Mont-Dourlers. — L'Ermitage.   ]

On remarque, au hameau de Mont-Dourlers, à environ 250^m du village, près de l'ancien chemin de Dourlers à Beaumont, un vieil édifice, surmonté d'un petit clocher. C'était, dans le xvi° siècle, un hospice où les pélérins, les voyageurs indigents et parfois les mendiants vagabonds étaient hébergés pendant deux jours. L'origine de cet asile n'est pas exactement connue. Les habitants du lieu croient en être redevables à Pierre Maillart (2) et à Cassine Leclercq, sa femme, qui vivaient vers la fin du xv° siècle. Si ces charitables époux ne le fondèrent pas, ils en furent du moins les bienfaiteurs. Ils le dotèrent, avec l'autorisation du grand-bailli du Hainaut, de maisons, de rentes et d'héritages dont ils confièrent l'administration aux mayeur et échevins de Dourlers et Saint-Aubin, « requis..., sauf « indemnité..., d'avoir sur le tout bon et soigneux regard, « tant pour l'entretenement d'une messe qui se doit dire « chaque semaine audit hospital, comme pour les pauvres « y estre receus, logés et substantés. »

---

(1) Depuis la publication de l'article de M. Lebeau, cette dame a disposé des biens de l'ancienne terre de Dourlers en faveur de son fils. aîné, M. Louis-Alexandre, d'abord comte, ensuite marquis de Nédonchel, qui a fait restaurer le château avec beaucoup de goût, et en a fait l'une des plus jolies et des plus agréables habitations de toute la contrée. M. Z. Piérart, dans sa *Notice historique sur les communes composant autrefois le Sart-de-Dourlers*, brochure in-8$_o$, 1850, a donné (pages 56 à 60) des détails généalogiques très-intéressants sur l'ancienne et illustre famille de Nédonchel. (A. J. M.)

(2) M. Z. Piérart dit Etienne Mailliard. (A. J. M.)

Cet hospice était sous l'invocation de saint Eloi, de saint Sébastien, de saint Antoine et de saint Julien, le patron des voyageurs, qui l'invoquaient, dit M. Dulaure, pour obtenir un bon gîte. Bien que consistant en un seul corps de bâtiment, il se divisait en deux parties. En traversant, à main droite, un espace de quelques mètres, on entrait dans la chapelle, sombre, humide, décorée d'un seul tableau noirci par les ans ; à main gauche, ouvrant sur un jardin entouré de haies, était le logis, devenu l'habitation d'un villageois et de sa famille.

A leur passage [à Dourlers, le 27 août] 1622, les troupes de Mansfeld et d'Halberstadt, surnommé l'Evêque enragé, saccagèrent le logis et la chapelle, et brûlèrent les bâtiments de la ferme qui y était annexée.

On rétablit l'hospice vers 1633. On y ajouta même quatre nouveaux lits, ainsi qu'une petite cloche, et on y plaça un concierge, que l'on chargea du soin d'accommoder les pauvres passagers. Le curé de Dourlers allait, un jour de chaque semaine, dire la messe à la chapelle, et quelquefois on y chantait les vêpres.

Cet asile de l'indigence fut encore dévasté durant les guerres de Louis XIV dans les Pays-Bas. Rétabli de nouveau, il était, avant 1789, sous la direction d'un chapelain qui y logeait, exerçait les fonctions d'économe, desservait la chapelle, y disait chaque jour la messe, excepté le dimanche, priait pour les fondateurs, et remplissait, en un mot, scrupuleusement leurs intentions, tant au temporel qu'au spirituel. Toutefois on ne recevait plus, depuis un grand nombre d'années, ni pèlerins ni vagabonds ; mais les infirmes et les vieillards y étaient nourris, logés, entretenus et médicamentés.

[En 1672, il n'était alloué que 30 livres au curé de Dourlers et 10 livres au clerc pour aller dire, à la chapelle de l'hôpital, une messe basse, chaque semaine, et chanter grand'messe et vêpres les jours des quatre patrons ; mais le vicariat de Cambrai, par décision du 12 octobre de ladite année, fixa la rétribution du curé à 8 patars par messe basse et à 9 patars par messe chantée, sans vêpres, et il ne fut plus alloué au clerc que 6 florins par année. — On disait alors que les offices ne devraient toutefois « être repris à la « chapelle que lorsqu'elle serait raccommodée. »]

Les biens de l'hospice [dont les revenus s'élevaient, en 1733, à près de 600 livres par an,] ont été confondus avec ceux des pauvres ; mais le bureau de bienfaisance n'oublie pas les âmes compatissantes qui ont fait un si pieux abandon en faveur des nécessiteux, et les obits sont célébrés avec la même dévotion, les mêmes sentiments de reconnaissance, dans l'église paroissiale, qu'ils l'étaient jadis à la chapelle.

[En 1821, la maison de l'hôpital, composée de trois pièces à faire feu, de quatre cabinets, d'un grenier, d'une cave et d'un bûcher, était, ainsi que la chapelle y attenante, dans un véritable état de dépérissement et menaçait ruine. Le bureau de bienfaisance, pour en tirer meilleur parti, se décida à aliéner et la maison et la chapelle, avec un jardin de dix ares. Il en obtint 1100 francs, qui furent employés en partie à l'achat de rentes sur l'État.

La cloche de l'hôpital, fondue en 1633 aux frais de la fabrique de l'église pour 2/3 et de l'hôpital pour 1/3, subsiste encore : elle pèse 114 livres, vieux poids. — Après avoir resté longtemps sans destination, elle a été placée, de nos jours, au-dessus de la maison d'école communale, pour le service des classes.

A peu de distance de l'hôpital, on voyait autrefois une maison isolée, connue sous le nom de l'*Ermitage*. Elle est entrée, naguère, dans les bâtiments d'une clouterie. Le millésime 1619, taillé dans une pierre placée au-dessus de la porte d'entrée, pourrait bien indiquer la date de la construction de cette maison, qui, vraisemblablement, a servi de retraite à quelques ermites. Rien ne prouve toutefois que cet asile et les cénobites qui l'habitaient aient jamais eu rien de commun avec l'hôpital voisin.]

[## IIe Section.

LA COMMUNE DE **FLOURSIES** AVEC SES DÉPENDANCES.

Dans les titres qui font mention de ce lieu, il est appelé tantôt *Fontaine-Florie*, tantôt *Floresies*, *Florezies*, *Florsies*, *Florzies*, *Floursy* ou *Floursies*.]

[## § I.

Détails géographiques et statistiques.

Position : Ce village est situé à 7^k N. d'Avesnes, à 11^k E. de Berlaimont, à 10^k S de Maubeuge et à 9^k O. de Solre-le-Château. — Latitude N., 50° 11' 4". — Longitude E., 1° 37' 47".

Territoire communal. Configuration : Il accuse une figure assez régulière, hormis du côté du N.-O., où il gagne, par une langue de bois, la route impériale n° 2. — Altitude : 182^m au-dessus du niveau de la mer, sur un point très-voisin et à l'E. du village. — Superficie : 469 hectares, dont en prés et pâtures 71^h, en jardins et terres labourables 287^h, en bois 94^h, compris le Petit Bois Leroy, qui contient 85^h; enfin, en propriétés bâties et de diverses autres natures 17^h; — le tout comprenant 1099 parcelles distribuées en deux sections.

Lieux-dits : Dans le corps du village de Floursies, dont le nom a été donné à toute la commune, sont l'église, l'école et la fontaine célèbre dite de St.-Eloi. En dehors de cette agglomération, il n'y a guère à citer que *la Forgette*, petit hameau au S.-O., du côté du Mont-Dourlers.

Cours d'eau : Le ruisseau de la Fontaine St.-Eloi, qui a sa source au centre du village, et celui de la Braquenière, qui naît dans la partie nord du territoire. Tous les deux vont à Dourlers.

Voies de communication : La route impériale n° 2, où le territoire ne fait en quelque sorte que toucher ; 2 chemins vicinaux ordinaires ayant ensemble une longueur de 2ᵏ 725, et divers chemins ruraux.

Population : Au xvᵉ siècle, 22 feux, et, en 1765, 32 ménages ; en 1806, 209 habitants ; en 1821, 181 ; en 1826, 205 ; en 1831, 220 ; en 1836, 233 ; et enfin en 1841, 240 individus, répartis ci-après, selon leur état civil :

Sexe masculin.	Garçons	71		
	Hommes mariés	51	128	
	Veufs	6		240.
Sexe féminin.	Filles	53		
	Femmes mariées	52	112	(1)]
	Veuves	7		

[

§ II.

Administration.

Autrefois régi par la coutume de Mons (1), Floursies était, en 1790, du gouvernement, de la prévôté et de la sub-

---

(1) Depuis 1841, la population a successivement diminué : elle était en 1846 de 238 habitants ; en 1851 de 231, et en 1856 de 225 seulement. (A. J. M.)

(1) M. Piérart dit par la coutume de la Bassée. (*Notice historique* p. 8.) (A. J. M.)

délégation de Maubeuge. Compris, cette année, dans le district d'Avesnes et le canton de Dourlers, il fut incorporé, en l'an X, dans le canton d'Avesnes-Nord, dont il continue toujours à faire partie.

Sous le rapport du culte, il formait déjà, dans le xii⁰ siècle, comme le prouvent des titres de 1162 et de 1186, une paroisse du décanat d'Avesnes. Plus tard, l'église d'Eclaibes y fut réunie. Cette réunion est du xiv⁰ siècle, sinon auparavant, et s'est maintenue jusqu'à la Révolution française. C'était l'abbaye de Liessies qui avait la collation de la cure. A partir de l'an XI, Floursies ne fut plus qu'une annexe de la succursale de Semousies.

Floursies fait partie de la perception de Dourlers et est desservi par le bureau de poste d'Avesnes.]

[§ III.

Commerce et Industrie.

La culture des terres, l'élève et l'engraissage des bestiaux, la fabrication du beurre et du fromage sont les principales ressources des habitants de Floursies.

Il n'y a d'autre usine, dans cette localité, qu'un petit moulin à eau.]

[§ IV.

Monuments et Curiosités.

I.

La Fontaine de St.-Eloi et son ancien aqueduc.   ]

Cette fontaine dont l'eau, [lors de l'occupation romaine], allait se déverser à Bavai, sourd dans la place de Floursies, au pied du roc sur lequel l'église du village est assise. Un bassin en maçonnerie, de forme circulaire, en contient l'onde fraîche et limpide. Autour règne une sorte de banquette ou trottoir en pierre, sur lequel les villageoises se placent pour puiser de l'eau. Elles s'introduisent par une ouverture laissée au mur, à hauteur d'appui, qui en ferme l'accès de tout autre côté. Le bassin, mesuré intérieurement, accuse 2ᵐ 86 à la surface de l'eau, dont la masse, qui repose sur une forte couche de vase, a une profondeur de 1ᵐ 50. — Ce mur d'enceinte a un mètre de hauteur et 0ᵐ 86 d'épaisseur. La fontaine, dédiée à saint Eloi, dont l'image la décore, en a pris le nom de *Fontaine de St.-Éloi.*

On n'aperçoit plus, près de la fontaine, aucune trace de l'aqueduc qui jadis y aboutissait ; mais la terre, à quelque distance, en recèle encore de grandes parties. Quoique dans de moindres dimensions, la structure en différait apparemment peu de celle du canal d'Arcier, que Dunod a décrite (1). Le lit, dans les parties qui ont été découvertes, en était pavé d'épaisses et larges tuiles triangulaires.

[

II.

L'Eglise.

Ce qui prouve que Floursies possédait déjà une église dans le xiiᵉ siècle, c'est l'acte par lequel Nicolas, évêque de Cambrai, confirma, en 1162, la donation faite à l'abbaye de Liessies par Guillaume de Dompierre, pour l'entretien du prieuré de ce dernier lieu, des autels d'Eclaibes (Scarbes) et de Floursies (Florsies), avec tout ce qui en dépendait. En 1186, l'église de Floursies était du reste le chef-lieu d'une paroisse du décanat d'Avesnes. On y annexa plus tard celle d'Eclaibes. — Il est à croire que l'église qui existait à Flour-

---

(1) *Hist. des Séquanois.*

sies dans ces temps reculés aura été ruinée et détruite, et qu'une autre lui aura succédé. Est-ce celle qui subsiste de nos jours et qui a déjà subi une notable transformation en 1755? C'est ce qu'il n'est pas facile d'affirmer. On sait seulement que les parties alors conservées de l'édifice, ne datent guère que de quelques siècles. Cette église a 22^m de longueur sur 10^m de largeur, et sa hauteur, sous voûte, est de 16 mètres. La nef est pavée d'anciennes pierres tumulaires dont on ne distingue plus, parci, parlà, que quelques caractères presque entièrement effacés. Assise sur un petit monticule, isolée, mais ombragée de maronniers, cette petite église, que surmonte un clocher datant aussi de 1755, et qui n'a que 28^m d'élévation, a un aspect agréable et champêtre. Elle est sous l'invocation de saint Rémi.

Les deux cloches actuellement en usage ont été fondues en 1805.]

[III.

L'ancien temple de Flore.

On voit par les détails qui précèdent que] Floursies est fort ancien. On conjecture que Flore avait, en ce lieu, un temple auquel il doit son origine et son nom.

La fontaine était autrefois environnée de constructions romaines, dont on voyait encore des ruines dans le xvie siècle. On a découvert, il y a plusieurs années, au nord du village, un pavé de larges dalles en pierre bleue. On remarque, à l'extérieur des murs de l'église, d'autres pierres qui paraissent avoir appartenu à des édifices plus anciens. [Ne serait-ce pas trop hasarder que d'attribuer l'origine de ces ruines au temple de Flore, sinon à quelque établissement thermal ?]

[

IV.

Anciens retranchements.

A portée de la Forgette, dans la partie S.-O. du territoire de Floursies, à peu de distance de l'ancien grand chemin d'Avesnes à Maubeuge,] le terrain est chargé, en quelques endroits, de longues levées, comme celles d'un retranchement ; mais on ignore si elles sont de main d'homme, ou si elles ont été formées naturellement.

[De l'autre côté du village, vers le Petit Bois Leroy, il existait autrefois un fort, dont on ne retrouve plus guère de trace. Il n'était pas, du reste, d'ancienne construction.]

[

IIIe Section.

LA COMMUNE DE St.-AUBIN AVEC SES DÉPENDANCES.

Les anciens titres désignent ce village sous différentes dénominations : *St.-Albain, St.-Albin, St.-Aubain, St.-Aubin* et *Aubin* tout simplement, pendant la révolution.]

[

§ I.

Détails géographiques et statistiques.

Position : St.-Aubin est un ancien village, situé à 5k 5 N. d'Avesnes, à 8k 5 E. S.-E. de Berlaimont, à 12k S. de Maubeuge, et à 12k O. de Solre-le-Château. — Latitude N., 50° 10' 24". — Longitude E., 1ᵉ 35'.

Territoire communal. Configuration : Quoique tout dentelé du côté du midi et vers l'occident, où il touche aux bois, il n'affecte pourtant pas une figure irrégulière, excepté dans la partie septentrionale, où, après s'être trouvé resserré entre les territoires d'Ecuelin et de Dourlers, il s'élargit pour aller aboutir à Limont-Fontaine et à Eclaibes. — Altitude : 183ᵐ dans la partie N. du territoire, en allant vers le *Pot-de-Vin*, et 200ᵐ au S., à portée de la Haie d'Avesnes. — Superficie : 1000 hectares, savoir : en pâtures et prés 363 hect.; en terres labourables et jardins 335ʰ; en bois, 261ʰ, dont le Bois Leroy 226ʰ, les *Haies-des-Loups* 20ʰ, le *Bois Limage* 11ʰ; et en propriétés bâties et d'autres natures 41ʰ, le tout faisant 1473 parcelles, groupées en trois sections.

Lieux-dits : Il y a le corps du village où sont l'église et les autres établissements publics. Il a donné son nom de *St.-Aubin* à toute la commune; le hameau de *Bodelez* ou *Bos-de-lez*, qui, seul, est presqu'aussi important que le reste de la commune, et celui de *la Louveterie;* enfin, la *Cense du Temple.*

Cours d'eau : Le *Tarsy*, petite rivière formée de trois ruisseaux venant de Dourlers, et dont le principal est celui de la fontaine de St.-Eloi. Il coule de l'E. à l'O. et coupe, en deux parties presque égales, le territoire de St.-Aubin, où il reçoit encore les eaux de quelques petits ruisseaux. Il se dirige ensuite sur St.-Remi-Chaussée et Monceau, pour aller se jeter dans la Sambre, au-dessous de Leval.

Voies de communication : Il y a six chemins vicinaux ordinaires, mesurant une longueur de 11ᵏ 729, et plusieurs chemins ruraux.

Population : Au xvᵉ siècle, St.-Aubin et Dourlers ne comptaient ensemble que 72 feux; il y en avait 140 au xviiᵉ siècle. En 1765, St.-Aubin seul renfermait 107 ménages, et la population comprenait 671 individus en 1806; 781 en 1821, le même nombre en 1826; 725 en 1831; 702 en 1836; 669 en 1841. Ce chiffre de 669 se décomposait comme il suit :

Sexe masculin	Garçons	158	332	669.	
	Hommes mariés . . .	153			
	Veufs	21			
Sexe féminin.	Filles	160	337	(1)]	
	Femmes mariées. . .	149			
	Veuves	28			

§ II.

Administration.

St.-Aubin et Dourlers étaient administrés en commun dans les xvᵉ et xvɪᵉ siècles. Cette réunion a duré fort long-temps. Ce n'est même qu'en 1725 que leurs charges publi-ques ont cessé d'être confondues. Voici comme la division en a alors été faite :

	DOURLERS.			ST.-AUBIN.		
Vingtièmes.	178 fl.	10 p.	7 d. —	229 fl.	10 p.	9 d.
Feux.	38	14	6 —	46	5	6
Cheminées .	88	11	11 —	113	18	1
	305	17	» »	389	14	4

Total général pour les
deux communes. . .   695 fl. 11 p. 4 d.

Régi autrefois par la coutume du Hainaut, St.-Aubin était compris dans le gouvernement, la prévôté et la subdéléga-tion de Maubeuge. En 1790, il entra dans la composition du district d'Avesnes et du canton de Dourlers, et, depuis l'an X, il fait partie du canton d'Avesnes-Nord.

---

(1) Depuis 1841, la population n'a pas cessé de diminuer d'une ma-nière sensible : Elle était en 1846 de 648 âmes, en 1851 de 596, et en 1856 de 560 seulement.   (A. J. M.)

Pour le culte, on sait que, dans le xiie siècle, l'église de St.-Aubin était le siége d'une cure du décanat d'Avesnes et de la collation de l'abbaye d'Hautmont. Cet état de choses se maintint jusqu'à la Révolution. Quand le culte catholique, quelque temps aboli, fut rétabli en 1802, la paroisse prit le titre de succursale, sans changer de décanat. Saint Alban est le patron du lieu.

On donne ci-après la liste des prêtres qui ont desservi la paroisse depuis environ deux siècles :

J. Flament......✝	1638.	A. Henghibert ..	
Dupont.........	1649.	A.-J. Vandermarq	constit.
J. Levert........	1661.	J.-B. Bonnaire...	
A. Robillart......	1675.	C.-L.-J. Galisset	1802–1832.
J.-N. Dubois......	1703.	L.-M. Aussart	1832—1833.
Rontron	1717.	G.-E. Lecuyer	1833—1836.
J.-F. Carton......	1722.	Aug. Ruart...	1836—1841.
C.-J. Ragayet.....	1757.	P. Cambreleng	1841—1841.
P.-A. de Rocquing.	1762.	F. Largillière.	1841—1846.
Besse	1783.		

St.-Aubin dépend de la perception de Dourlers. Il y existe une école communale et un bureau de bienfaisance assez mal doté (1).]

[

§ II.

Industrie et Commerce.

On cultive à St-Aubin le froment, le seigle, l'épeautre, l'avoine et les pommes de terre ; mais la principale industrie y est l'élève et l'engraissage des bestiaux, ainsi que la fabri-

(1) La dotation de cet établissement vient d'être notablement augmentée par la libéralité de M. N. Gilles, ex-maire de Dourlers, et originaire de St.-Aubin. (A. J. M.)

cation du beurre et des fromages dits de Maroilles, qui sont d'une qualité supérieure.

Il y existe une brasserie, deux moulins à eau et un atelier de boissellerie.]

[

§ IV.

Monuments et Curiosités.

I.

L'Eglise paroissiale.   ]

Il y avait déjà une église à St-Aubin avant le XIIᵉ siècle : l'abbaye d'Hautmont, qui la possédait, avec les revenus de l'autel et sept manses, fut confirmée dans cette possession par Odon, élu évêque de Cambrai, en 1105 (1).

[Cette abbaye reçut encore, sous ce rapport, une nouvelle confirmation du pape Innocent II, suivant une bulle du 2 des ides d'avril 1131.

On assure que la nef principale de l'église actuelle a été bâtie vers l'an 1450. Les collatéraux, quoique déjà anciens, sont pourtant d'une construction bien postérieure. L'église, qui est solidement assise, a 21ᵐ sur 19, et en hauteur 12ᵐ. Les voûtes en sont supportées intérieurement par six gros piliers en pierre. — Le clocher, sorte de grosse tour massive en maçonnerie, de forme carrée, surmontée d'une petite flèche, se trouve confondu parmi les arbres du cimetière qui l'entoure. Il date de l'an 1500 et n'a que 21ᵐ d'élévation. Il

---

(1) In nomine sancte et individue Trinitatis.... Odo divina permissione humilis Cameracensium episcopus presentibus et futuris in perpetuum.... audito clericorum nostrorum consilio Reverendi filii nostri Guidrici Altimontensis abbatis canonice petitioni condescendimus..... Sancimus.. ut. ... eadem ecclesia possideat.... Antiqua autem prefate ecclesie hec est.... Apud Sanctum Albanum altare cum ecclesia et septem mansi.... (Cartulaire de l'abbaye d'Hautmont.)

s'y trouve deux cloches fondues, l'une en 1734, l'autre en 1764.
— L'église a souvent servi de refuge aux habitants, en cas
d'alerte : le cimetière et ses abords étaient fortifiés en vue de
s'y défendre contre toute agression extérieure. Le cas s'est
présenté maintes fois et notamment en 1710.]

[II.

La Cense du Temple.

Sur la fin du xiiᵉ siècle, Gui, fils puiné de Jacques, seigneur
d'Avesnes, possédait les anciens domaines de sa maison au
nord de la *Haie d'Avesnes.*

Cependant son frère aîné, Gauthier II, successeur de Jacques, avait à Saint-Aubin un manoir seigneurial, où il allait
se distraire de temps à autre.]

Vers 1198, il y fit ériger une chapelle, du consentement
de l'abbé d'Hautmont, Robert, et se chargea d'entretenir un
chapelain pour la desservir. Robert et Gautier convinrent
que le décimateur de l'église continuerait de lever la dîme du
croît des troupeaux, ainsi que des autres produits du manoir;
que s'il arrivait que Gautier passât quelqu'une des trois
principales fêtes au village, il irait en personne ou enverrait
à sa place, à l'offrande; enfin, que le chapelain ne s'immis-
cerait pas dans l'administration des sacrements, et que, de
leur côté, ni le pasteur, ni l'œuvre de la paroisse, ne s'arro-
geraient aucun droit sur la chapelle (1).

_____

(1) Ego Walterus dominus de Avesnis notum facio universis tam
presentibus quam futuris quod assensu abbatis Roberti et totius capi-
tuli Altimontensis ecclesie capellam in domo mea de Sancto Albano ob
anime mee et predecessorum meorum remedium constitui in qua capel-
lanum pro voluntate mea assignaturus ei necessaria de meo proprio
procurare decrevi. Sciendumque quod nutrimentorum ejusdem domus
et omninm que antiquitas parrochia obtinuit decimationem predicta ecclesia sibi retinuit. Preterea si forte acciderit me in aliqua trium preci-

Le manoir échut, dans la suite, [mais avant 1241, soit par donation ou autrement, aux chevaliers du Temple, d'où il a retenu, jusqu'à nos jours, le nom de *Cense du Temple;* puis, après la suppression de cet ordre célèbre, en 1314, aux chevaliers de Rhodes, devenus chevaliers de Malte en 1530. Après avoir éprouvé différentes transformations,] il dégénéra en maison d'exploitation rurale.

[Au surplus, il ne reste guère des anciens édifices, que] la chapelle, d'abord convertie en laiterie et , depuis 1832, à usage de grange ; [et encore, lors de cette dernière transformation, on en a démoli le pignon oriental ou mur du fond.] Les gros murs et la petite tour au haut de laquelle la cloche était suspendue, sont assez bien conservés. [Ces murs, d'un mètre d'épaisseur et construits en moëllons liés par un ciment devenu dur comme le caillou, sont couronnés d'un encorbellement en pierres de taille. La tourelle, qui n'a que 10^m 50 d'élévation, accuse, dans œuvre, une circonférence de 7^m 50. Quant à la chapelle, elle avait intérieurement 15^m de longueur sur 7^m de largeur, et mesurait 10^m 50 du pavé à la voûte. Six fenêtres, maintenant bouchées, trois au midi, trois au nord, uniformes, en plein cintre, évasées en dedans, ayant extérieurement 2^m 50 de haut sur 0^m 70 de large et élevées de 2^m 50 au-dessus du sol, éclairaient cette chapelle, dont] la charpente délicate et gracieuse, qui supportait le lambris du plafond, se dessine encore sous la grossière carcasse d'un

---

puarum festivitatum ibidem commorari oblationem meam presbitero parrochiano aut mittere aut deferre tenebor Capellanus quoque ibidem a me constitutus nemini jura Christianitatis exhibebit Ecclesia itaque et presbiter parrochianus nihil juris preter supiascriptam conditionem in prefata capella vindicabunt. Quod ut in posterum ratum firmumque permaneat sygilli mei impressione roboravi Actum anno ab incarnatione Domini 1198, mense decembri. — *(Cartulaire de l'abbaye d'Hautmont).*

toit rustique. Le pavé, de larges dalles en pierre bleue, sous
lesquelles gisaient plusieurs cercueils de chêne, en a été enlevé, et les dalles, brisées, ont servi à former le trottoir qui
garnit le devant du logis. On y distingue une pierre de tombe
et des fragments de quelques autres; mais les épitaphes,
dont les caractères ont été presque entièrement effacés par
le frottement, sont illisibles.

[Les chevaliers de Malte ont possédé la *Cense du Temple*
jusqu'à la révolution Elle se trouva comprise parmi les biens
nationaux soumissionnés par la commune de St.-Aubin et
qui lui furent accordés par l'assemblée nationale, le 6 janvier
1791, pour le prix de 13,230 livres. Ces biens ont été reven-
dus plus tard en détail.]

[III.

Le Moulin banal.

Il existe de toute ancienneté, au centre du village de St.-
Aubin, un moulin à eau alimenté par un vivier ou étang,
auquel se rapporte évidemment le titre de 1241 dont il sera
parlé ci-après au titre II. Ce moulin était banal pour les
quatre villages du Sart-de-Dourlers (Dourlers, St.-Aubin,
Floursies et Semousies) et leurs hameaux et dépendances,
c'est-à-dire que « tous manans et habitans d'icelle terre
« étoient tenus d'aller moudre audit moulin et non dehors,
« à peine de confiscation de tous grains, molnées, viandes,
« farines et sacques qu'on pourra découvrir avoir esté mou-
« lus hors dudit moulin, et de 60 solz tournois de loix et
« amendes de chacune contravention.

« Le meunier devoit moudre au vingtième de tous grains,
« excepté qu'il était tenu mouldre gratis et à coruwées tous
« grains pour les mesnaiges du seigneur chastelain ou autre
« en son lieu, que des bailly, prevost, greffier et receveur,

« tant pour manger que boire, à peine d'en payer les inté-
« rests et, oultre ce, d'en estre chastié comme en tel cas ap-
« partient. » (1).

Ce moulin, qui rapportait un loyer de 1050 livres en 1617,
de 1300 livres en 1660, et de 1000 livres seulement en 1707,
était alors mu, comme aujourd'hui, par l'eau du vivier ou étang
dit de St.-Aubin, qu'alimentent les trois ruisseaux de Dourlers. —]

[
IVe Section.

LA COMMUNE DE **SEMOUSIES** AVEC SES DÉPENDANCES.

Le nom de ce village est diversement rendu dans les documents qui le mentionnent. Ainsi on le trouve écrit : *Si-
mulgies, Semuzies, Simousies, Simozies, Simosies, Semo-
zies, Semouzies, Scemousies, Scemozies, Zimousies ou
Semousies.*]

[
§ I.

Détails géographiques et statistiques.

Position : Ce village est situé à 5^k N. d'Avesnes, à
11^k E. S. E. de Berlaimont, à 12^k S. de Maubeuge, et à 9^k O.
de Solre-le-Château. — Latitude N., 50° 10' 4". Longitude
E., 1° 37' 18".

Territoire. Configuration territoriale : Assez régulière ; cependant, par l'adjonction faite en 1810 et 1824 du hameau du
Luiteau, l'extrémité N. E., en allant jusqu'au point, sur la limite, où se joignent les territoires de Dourlers et de Beugnies, forme une assez forte saillie. — Altitude : 201^m à la
pointe du territoire, vers le bois de Beugnies. — Superficie :

---

(1) *Bail du 27 juin* 1660.

310 hectares, dont 148$_h$ en vergers, pâtures et prés ; 147^h en jardins et terres labourables, et 15^h en propriétés bâties et de natures diverses. Le territoire comprend 802 parcelles groupées en trois sections.

Lieux-dits : A part le village de Semousies, qui a donné son nom à la commune, et où sont l'église, le presbytère et la maison d'école, il n'y a pas d'autre agglomération de quelque importance que le *Luiteau*, hameau dont la possession et la jouissance ont été disputées par les communes de Dourlers, de Floursies et de Semousies pendant une grande partie des XVIIe et XVIIIe siècles.

Cours d'eau : Le ruisseau de la *Fontaine*, et celui de la *Courette*, lequel n'est autre que le ruisseau des *Marquais*, qui arrose Dourlers, du côté de la Haie-d'Avesnes.

Voies de communication : La route impériale n° 2, bornant le territoire à l'ouest ; la route départementale n° 5, qui, au sud, sépare Semousies de Bas-Lieu ; trois chemins vicinaux ayant ensemble 4^k 820 , et quelques chemins ruraux

Population : au XVe siècle, 11 feux ; en 1765, 19 ménages ; en 1806, 224 habitants ; en 1821, 217 ; en 1826, 270 ; en 1831, 280 ; en 1836, 300 ; enfin en 1841, 318 individus répartis comme il suit :

Sexe masculin	Garçons	67	155	311.
	Hommes mariés	76		
	Veufs	12		
Sexe féminin.	Filles	70	156	(1).]
	Femmes mariées.	76		
	Veuves.	10		

---

(1) Après s'être élevée en 1846 à 316 habitants, la population n'était plus que de 309 âmes en 1851, et de 299 seulement en 1856. (A. J. M.)

[

§ II.

Administration.

Autrefois régi par la coutume de Mons, Semousies était compris, en 1790, dans le gouvernement, la prévôté et la subdélégation de Maubeuge. Incorporé, cette année, dans le district d'Avesnes, il fit partie du canton de Dourlers, jusqu'à ce que, lors de la dernière organisation, en l'an X, il fit partie du canton d'Avesnes-Nord.

Sous le rapport religieux, Semousies, même en remontant au xiie siècle, a toujours fait partie du décanat d'Avesnes, avec titre de cure, ayant Beugnies pour annexe, et pour collateur l'abbé d'Hautmont. Depuis l'an XI, il est le chef-lieu d'une succursale, qui embrasse, dans sa circonscription, les territoires de Semousies et de Floursies. La paroisse, qui a pour patron saint Martin, a été desservie, depuis plus d'un siècle, par les prêtres dont les noms suivent :

P. Aland	+	1629	Lefrancq...	1811—1822.	
J.-B. Courtin .	+	1753.	Bailleux	1822—1828.	
J.-J. Remquet .	+	1775.	Delattre	1828—1833.	
Maille........		1775	Bottiaux....	1833—1846.	
A.-J. Renuart 1802—1811.					

Semousies dépend du bureau de poste d'Avesnes et fait partie de la perception de Dourlers. Il possède une église, un presbytère, une maison d'école et un bureau de bienfaisance, qui n'a que des revenus insignifiants.]

[

§ III.

Commerce et Industrie.

L'agriculture est non-seulement la principale, mais presque la seule industrie de Semousies.

Il n'y existe d'autres établissements industriels que deux
clouteries, un atelier de boissellerie et une briqueterie.]

[§ IV.

Monuments et Curiosités.

I.

L'Eglise paroissiale.

Le village de Semousies avait déjà une église dans le
XIIe siècle. L'abbaye d'Hautmont en possédait la moitié en
1181 (1). Vers le milieu de ce siècle éloigné, Nicolas, évêque
de Cambrai, avait aussi donné, à ce monastère, l'autel de
Semousies (Semuzies), dont, plus tard, le pape Lucius III
lui confirma la possession par une bulle du 2 des ides
d'avril 1183 (2).]

Selon une opinion accréditée dans la commune, l'horrible
épidémie qui enleva, en 1348, une partie de la population
de l'Europe, dépeupla entièrement Semousies. L'église, abandonnée, tomba en ruines; l'ortie et le violier tapissèrent les
murs du sanctuaire, et, dans cette enceinte, qui avait tant
de fois retenti de chants d'allégresse et des louanges du Seigneur, on n'entendait plus que le bruissement des vents et
le cri lugubre du hibou. L'aire était couverte de décombres
et lorsque, après un grand nombre d'années, on voulut relever l'autel, on le trouva ombragé d'un sureau, qui y avait
pris racine entre les pierres disjointes.

[A cause de la date de 1672, qui est peinte sur une boi-
serie sous le clocher de l'église actuelle, on rapporte ordi-
nairement à cette année la construction de l'édifice ; mais,

---

(1) (2) *Cartul. d'Hautmont.*

sinon la charpente, du moins les murailles paraissent plus anciennes. Bâtie sans art et sans goût, elle est d'ailleurs si petite, qu'elle ne peut pas contenir tous les paroissiens. Elle n'a en effet que 20^m sur 8^m, et sa hauteur, du pavé au plancher, n'est que de 9^m.

Il y avait deux cloches en 1630. Aujourd'hui, il n'en reste plus qu'une. Elle a été fondue en 1549 et porte pour légende : *Je fut feicte l'an mil VCXLIX. Marie suis nommée. Ave Maria.*]

[II.

La Maison-Forte ou Cense de Semousies.

A une époque qu'il n'est guère possible maintenant de déterminer, la ferme de Semousies fut éclissée du Sart-de-Dourlers, pour former un fief de la dépendance de cette terre. Jeanne de Semousies (Simousies) posséda ce fief, dont elle rendit foi et hommage. Elle était vraisemblablement parente de Grard de *Simousies*, écuyer, prévôt de Mons en 1402, puis châtelain, l'année suivante, de la forteresse de la Malmaison, assise sur les confins du Cambresis. Ce gentilhomme était pauvre : sa charge ne lui rapportait, en effet, que 300 écus par an, et il n'avait d'ailleurs que peu de ressources. Jeanne, en épousant Fastré, sire d'Esclaibes, prévôt du Quesnoy, lui porta le fief de Semousies, qui passa, après eux, à leur fille, Jeanne d'Esclaibes, mariée à Michel de Haynin, surnommé Brongnart. Elle fit le relief de ce domaine féodal en 1405, après le décès de sa mère. Il est à croire que sa postérité, si elle en a eu, se sera bientôt éteinte, car, à peu de temps de là, le fief était possédé par les seigneurs d'Eclaibes. Il fut rattaché en 1591, lors de l'ouverture « de la succession du bastard de feu mons^r. d'Esclaibes, » au fief dominant, la seigneurie d'Aymeries, de laquelle le Sart-de-Dourlers faisait encore partie. « La maison, tourre,

« grange, édifices, cours, mareschauchie, jardins, pastures,
« prets et terres labourables à trois royes, que l'on dist la
« censse de *Scemozies*, le droit de terraige que MM. d'Ay-
« meries avoient au territoire dudit Scemozies » ont été
loués, par baux : 1° le 1er mars 1616, moyennant un fer-
mage de 600 livres par an ; 2° en 1694, pour 500 livres ;
3° et en 1707, aussi pour 500 livres.

En 1793, lors de la bataille de Wattignies, cette ferme,
qui appartenait toujours au seigneur de Dourlers, fut pendant un moment le point de mire des canonniers français. Ils
visaient à l'incendier ; mais il n'en fut rien : l'action principale ayant cessé.]

[

TITRE II.

LES SEIGNEURS DU SART-DE-DOURLERS.

Il était question des villages de Dourlers, Floursies, St Aubin et Semousies, longtemps avant qu'ils fussent constitués en seigneurie particulière sous le nom du *Sart-de-Dourlers*.

On va indiquer, pour ces temps reculés, quelques faits historiques propres aux quatre localités sus-désignées, d'après quelques rares documents qui sont parvenus jusqu'à nous.

Vers 1105 — Odon, évêque de Cambrai, assura la propriété, à l'abbaye d'Hautmont, de l'autel et de l'église de St.-Aubin, avec sept manses (1).

1131. — Suivant une bulle du 2 des ides d'avril 1131, le pape Innocent II, en confirmant cette abbaye dans ses biens, droits et priviléges, compte parmi ses possessions, à Dourlers, l'autel avec un tiers de l'église, et à St.-Aubin, l'autel, l'église et sept manses (2).

---

(1) *Cartul. d'Hautmont.*
(2) *Ibidem.*

1162. — Nicolas, évêque de Cambrai, sanctionna la donation faite à l'abbaye de Liessies, par Guillaume de Dompierre, de l'autel de Floresies (Floursies) (1).

1180. — Jacques d'Avesnes, Adeline, sa femme, et Gautier, leur fils, cédèrent à l'abbaye de St.-Ghislain, une redevance de 18 sols, assise sur le village de Semousies (2).

1181. — Le pape Lucius III confirma la possession, au monastère d'Hautmont, de l'autel de Semousies, que Nicolas, évêque de Cambrai, lui avait précédemment abandonné, avec quatre sols de cens annuel que lui devait la paroisse d'Hautmont (3).

CHRONOLOGIE DES SEIGNEURS DU SART-DE-DOURLERS,
avec la mention des évènements et faits historiques qui se sont successivement produits dans l'étendue de la terre de ce nom.

Gossuin de Dourlers.

1189-1196. — Gossuin de Dorleir intervint, comme témoin, dans deux actes datés de 1189 et de 1196, émanant : l'un de Adeluya, femme du célèbre Jacques, sgr. d'Avesnes,

---

(1) Mirœus.

(2) M. Zéphir Piérart, *Notice hist.*, p. 12, note 5. (A. J. M.)

(5) *Cartul. d'Hautmont.*

et de Gautier, leur fils aîné ; l'autre de Gautier, seul, qui avait succédé à Jacques dès 1191. Dans le dernier de ces actes, Gossuin est désigné comme l'un des *hommes* (vassaux) du sire d'Avesnes. Cette circonstance, corroborée par le nom de Gossuin de Dorleir qu'il portait, peut faire admettre qu'il tenait alors, de la seigneurie d'Avesnes, le fief du Sart-de-Dourlers.

Gautier d'Avesnes.

1199. — Néanmoins, en 1199, Gautier II d'Avesnes tenait lui-même St.-Aubin, où il avait un manoir seigneurial. Suivant des lettres du mois de décembre de cette année, il fit établir, dans cette maison, une chapelle, à laquelle il attacha un chapelain, du consentement de l'abbé et des religieux d'Hautmont, collateurs de la cure de St.-Aubin.

Gui d'Avesnes.

1219. — Gui ou Wir, 4e fils de Jacques, sgr. d'Avesnes, obtint de son frère Gautier, — sans que l'on puisse préciser l'année de la cession, — tous les biens que leur famille possédait au-delà (au nord) de la Haie d'Avesnes (1) et dont faisait partie le Sart-de-Dourlers. Il n'en jouit pas longtemps, car il mourut en 1219.

Gautier II d'Avesnes.

1219. — Ces biens ont dû alors faire retour au seigneur d'Avesnes. On croit qu'il ne les aura tenus que peu de temps, et qu'il les aura attribués, à titre de partage, mais avec

---

(1) J. de Guyse, *Ann. du Hainaut*, liv. XX, ch. 106.

charge d'hommage, à son frère Bouchard, qui était déjà seigneur d'Étrœungt.

Bouchard d'Avesnes.

1238. — Tout porte à croire, en effet, que les lettres données par Gautier en faveur de Bouchard, le mardi après la mi-carême de l'an 1238 (1), pour lui assurer la possession de ces héritages et de beaucoup d'autres avantages, n'ont fait que confirmer un état de choses existant déjà depuis longtemps.

1241. — Bouchard était encore seigneur du Sart-de-Dourlers en 1241. En cette qualité, il eut des démêlés, au sujet du vivier de St.-Aubin, avec Renaud, maître de la milice du Temple, dans le bailliage de Landimesio, qui, par acte de ladite année, abandonna les prétentions qu'il avait d'abord élevées (2).

Jean Ier d'Avesnes.

A la mort de Bouchard d'Avesnes, son père, Jean, prit possession des seigneuries d'Étrœungt, du Sart de Dourlers, etc.

1254. — Par un acte « du lendemain del jour de mai 1254, « il mit en la main de sen bon amy mgr. Robiers de Baso- « ven, toute le fief que il tenoit del comte de Blois, sgr. d'A- « vesnes, c'est assavoir : Struen (Étrœungt), Dourlers et « appartenances (3). »

Il est présumable que ce fut très peu de temps après que

---

(1) *Ibidem*.
(2) St.-Génois. 1, 548.
(3) *Archives de la pairie d'Avesnes*.

Jean et son frère Bauduin firent le partage des biens de la succession de leur père.

Bauduin d'Avesnes.

1254. — Dans ce partage, Bauduin obtint pour lui et ses hoirs, sauf l'hommage dû au comte de Hainaut, « toute le « ville de Dourleis et les appendances, le ville de Beaufort, « Biaumont et toute sa chastelerie, la ville de Raimes de lé « Valenchienes, » ainsi que des bois et des rentes spécifiées dans l'acte dressé à cette occasion (1).

Au mois d'octobre de la même année, il reconnut que les hommes du Sart-de-Dourlers n'avaient aucun droit ni usage dans les bois du seigneur d'Avesnes (2).

1274. — Par lettres du mois de mars 1273 (n. st. 1274), Jean II, comte de Hainaut, confirma le partage de 1254 et assura à Bauduin d'Avesnes, sire de Beaumont, son oncle, la possession des héritages qui lui avaient alors été assignés (3).

1285. — On fit, en cette année, une évaluation des domaines et des droits du Sart-de-Dourlers (4).

1289. — Bauduin mourut en 1289.

Béatrix d'Avesnes.

1305. — Quoique fille unique de Bauduin, Béatrix pourrait bien ne pas avoir hérité directement de son père la terre de Dourlers. En effet, on voit, par un acte daté du jour du

---

(1) *Cartul. du Hainaut,* p. 563.
(2) *Archives de la pairie d'Avesnes.*
(3) *Cartul. du Hainaut,* p. 343.
(4) *Cartul. du Hainaut.*

Behourdit, 7 mars 1304 (n. st. 1305), que Guillaume Ier, comte de Hainaut, lui céda « la ville, terre et appartenance « de Dourlers, pour elle et ses hoirs (1). »

1308. — Elle s'en deshérita, suivant lettres du « vendredy « après closes Paskes au mois d'avril » 1308, en faveur de son fils Henri V, comte de Luxembourg, ne s'en réservant que les profits, sa vie durant (2).

Henri V, comte de Luxembourg.

1308. — Par le même acte, Henri se dessaisit de la terre de Dourlers en faveur de son frère Wallerand, « en parchon (partage) de terre, » sous la condition qu'elle lui retournerait, si ce dernier mourait sans postérité (3).

Wallerand de Luxembourg.

1308-1311. — Wallerand ne jouit guère de ce domaine, car il fut tué, en 1311, au siége de Bresse, en Italie (4).

Henri V, comte de Luxembourg.

1311-1313. — Le Sart-de-Dourlers étant revenu à Henri en 1311, il le tint jusqu'à sa mort, arrivée en 1313.

En ce temps là vivait Evrard de Florezies, chevalier, qui intervint dans des actes de 1308 et de 1313 (5).

---

(1) St.-Génois, I. 214, 271 et 272.
(2) *Cartul. de Guillaume* Ier, p. 80.
(3) *Cartul. de Guillaume* Ier, p. 80.
(4) *Art de vérifier les dates*, XIV, 159.
(5) *Mém. de M. de Rohan, archevéque de Cambrai*, 1772.

Jean, *comte de Luxembourg.*

1311-1334. — Ce prince qui abandonnait ses états pour courir partout les fêtes et les tournois, succéda à Henri, son père, et rendit foi et hommage au comte de Hainaut à Mons, suivant certificat du vendredi avant la Sainte Croix, en septembre 1321 (1), pour les terres d'Aymeries et de Dourlers, qu'il vendit le dernier avril 1334, avec d'autres biens, à Guillaume Ier, comte de Hainaut, pour le prix de 70,000 florins (2).

Par suite, Jean manda, le 1er mai suivant, aux habitants de ces terres, de reconnaître le comte de Hainaut « pour « leur droicturier seigneur. » (3).

Guillaume d'Avesnes.

1334-1137. — Ce comte de Hainaut resta toute sa vie en possession des terres d'Aymeries et de Dourlers. Dans l'intervalle, Jean de Luxembourg renonça à toutes prétentions sur ces domaines, sous peine de 50,000 livres tournois d'amende (4).

De son côté, Charles, marquis de Moravie, fils aîné de Jean, ratifia, avec sa femme, Blanche de Valois, par des lettres d'août 1335, la vente, faite au comte de Hainaut, des biens dont il s'agit (5).

Ce comte mourut en 1337.

---

(1) St.-Génois, I, 397.
(2) St.-Génois, I, 597.
(5) St.-Génois, I, 597.
(4) St.-Génois, I, 397.
(5) St.-Génois, I, 397.

Guillaume II d'Avesnes.

1337-1343. — Héritier de ces terres à la mort de son père, Guillaume II déclara, le 20 mars 1342, (n. st. 1343), les remettre à son cousin, Jean de Luxembourg, pourvu que celui-ci satisfît aux charges dont elles étaient grévées (1); mais il ne paraît pas que cette rétrocession eut son effet.

1345. — Guillaume mourut en 1345.

Marguerite d'Avesnes.

1345. — Cette princesse, qui avait épousé l'Empereur Louis de Bavière, hérita de son frère, Guillaume II, les terres d'Aymeries et de Dourlers, en même temps que le comté de Hainaut.

1348. — En février 1347 (n. st. 1348), Béatrix de Bourbon, veuve de Jean de Luxembourg, demanda à rentrer en possession de ces deux terres, en vertu de la cession de 1343. Mais, de son côté, la comtesse de Hainaut produisit des mémoires pour combattre les prétentions de Béatrix (2). La maison de Luxembourg finit pourtant par l'emporter. En effet, quelques années plus tard, elle était en possession des domaines litigieux.

L'année 1348 fut funeste à Semousies, qu'une cruelle épidémie dépeupla entièrement. — Ce lieu, du reste,] n'est pas le seul endroit dont la masse des habitants ait eu une fin malheureuse. On chercherait en vain dans tout l'arrondissement un mètre de terrain qui n'ait été imbibé ni de sang ni de larmes; et que de ruines ensevelies sous le sol ! Tous les

---

(1) St.-Génois, I, 397.
(2) St.-Génois, I, 397.

fléaux, des guerres toujours renaissantes, les massacres, le pillage, l'incendie, la dévastation, la disette, les maladies pestilentielles, désolèrent constamment cette contrée, aujourd'hui si populeuse et si florissante.

[*Wenceslas Iᵉʳ, duc de Luxembourg.*

Wenceslas était fils de Jean, roi de Bohême, et de Béatrix de Bourbon.

1358. — Il eut avec Louis de Châtillon , comte de Blois , sgr. d'Avesnes, au sujet des limites de la Haie-d'Avesnes et des bois du Sart-de-Dourlers, un différend qui fut réglé par une sentence arbitrale du 29 juillet 1358 (1).

1372-1383. — Wenceslas mourut en 1383 , et, en vertu d'une renonciation faite le 8 des calendes de juillet 1372, par son frère, l'empereur Charles IV, assisté de Wenceslas, fils de ce dernier, à tous les droits qu'il pouvait avoir sur les terres d'Aymeries, du Sart-de-Dourlers, etc., elles retournèrent de nouveau au comté de Hainaut (2).

Guillaume III de Bavière, dit l'Insensé.

1383-1389. — C'est ainsi que ce comte de Hainaut se trouva seigneur d'Aymeries et de Dourlers, qu'il conserva jusqu'à son décès survenu en 1389.

Albert de Bavière.

1389. — Ce prince, succédant à son frère Guillaume, de-

---

(1) *Archives de la pairie d'Avesnes.*
(2) St.-Génois, I, 281.

vint seigneur de ces terres, qu'il paraît avoir aussi possédées toute sa vie.

1404. — Il mourut le 13 décembre 1404.

Guillaume IV.

1404.— On croit que, dès qu'ils lui furent échus, le comte donna « en feaulté et hommaige » à Louis II d'Anjou, roi de Naples, les domaines d'Aymeries et du Sart-de-Dourlers.

1407. — Louis en rendit foi et hommage, comme le constatent des lettres datées du château d'Angers le 5 juillet 1407 (1).

1417. — A sa mort, en 1417, ces deux terres passsèrent à son fils, Réné, *dit le Bon.*

Réné d'Anjou , dit le Bon.

1417-1430 ou 1434. — Il ne paraît pas avoir rendu hommage, à la cour féodale du Hainaut, pour les terres d'Aymeries et de Dourlers, ou du moins, en 1430, il n'avait pas encore rempli cette obligation envers Philippe-le-Bon, duc de Bourgogne, qui, dès 1427, s'était fait reconnaître comte de Hainaut par les Etats du pays. Ce défaut de relief amena la saisie féodale de ces terres, dont les fruits furent attribués, par le duc, à Nicolas de Rolin, son chancelier, qui s'en rendit d'ailleurs acquéreur peu de temps après (2).

Nicolas de Rolin.

1430-1434. — On voit, par le cartulaire du comté de Hainaut, renouvelé en 1410 et 1411, que ce seigneur « tenoit

---

(1) St.-Génois, I, 398.
(2) Vinchant.

« dudit comté, en un seul fief ample, le castel, villes, terres
« d'Aymeries, Pont-sur-Sambre, Quartes, Dourlers et
« Raymes, et toutes les appartenances et appendances des-
« dites villes (1)» ; mais il faut admettre que cette mention,
du reste sans date, a été faite longtemps après l'ouverture
du cartulaire. On peut la rapporter vers 1430 ou 1434.

1452. — Au milieu du xve siècle, le château de Dourlers
était tellement ruiné, que l'on ne pouvait plus y trouver un
coin habitable, et cependant le seigneur ne songea pas à relever cette ancienne maison seigneuriale. Fixé au château
d'Aymeries, il ne sentait pas la nécessité de restaurer celui
de Dourlers, qui, au fond, depuis la fusion des deux seigneuries, n'avait plus de raison d'être. Il lui suffisait d'un
pied-à-terre à Dourlers, qu'il se réserva en cédant en arren-
tement, au sieur Wiart, deux maisons avec jardins, situées
en cette commune, et d'une contenance totale de quatre rasières environ. En effet, par l'acte de cette cession, qui date
de 1452, le sieur Wiart, outre qu'il devait payer, à la seigneurie, une rente annuelle de sept livres, était chargé :
1° de fournir au seigneur et à la dame du lieu, une place,
dans ces maisons, pour leur logement ; 2° de les « défraier,
« aussy bien que leurs receveur, officiers et chevaux, du-
« rant le siége des rentes ; 3° et même de livrer place pour
« leurs avoisnes, chapons et poules (2). »

Le chancelier de Rolin obtint de Philippe-le-Bon, duc de
Bourgogne, la concession féodale du droit de connaître,
dans sa terre d'Aymeries et du Sart-de-Dourlers, en toute
franchise et liberté, et par ses propres baillis ou lieutenants,
de tout cas de justice quelconques, à l'exclusion des sergents

---

(1) *Cartul. du Hainaut.*
(2) Acte de 1710.

ou officiers du Hainaut, qui ne devaient plus y exploiter, à moins qu'ils y fussent autorisés par jugement exceptionnel de la cour de Mons (1).

1461. — Nicolas de Rolin termina sa vie en 1461 ; ses terres passèrent à Guillaume, son fils.

Guillaume de Rolin.

1461. — Il fut seigneur de Beaucamps et de la terre d'Aymeries, qui comprenait le Sart-de-Dourlers. Ces biens allèrent après lui à son frère Antoine.

Antoine de Rolin.

1476. — Seigneur d'Aymeries, de Lens, etc., maréchal et grand-veneur héréditaire du Hainaut, conseiller et chambellan du duc de Bourgogne, Antoine de Rolin fut nommé, en 1476, grand-bailli et capitaine-général du Hainaut.

Ce fut de son temps, paraît-il, que l'hôpital du Mont-Dourlers fut fondé.

1497. — A sa mort, arrivée le 4 septembre 1497, il laissa de Marie d'Ailly, sa femme, qui lui survécut, un fils dont l'article suit.

Louis de Rolin.

1497. — Louis hérita des terres et de la plupart des charges de son père.

1517. — Il aida la paroisse de Dourlers, par des dons importants en bois et en argent, lors de l'agrandissement, en 1517, de l'église du lieu.

---

(1) M. Z. Piérart, *Recherches histor.*, 255.

1528. — Ce seigneur mourut le 17 septembre 1528. Sa terre d'Aymeries échut à son neveu Georges de Rolin, fils de François, parce que Louis, qui avait épousé Gillette, héritière de Berlaimont, n'en eut pas d'enfants.

On leur attribue la fondation du couvent de filles hospitalières qui existait dans cette commune.

Georges de Rolin.

1528. — Georges devint seigneur d'Aymeries et obtint d'autres biens encore dans la succession de son oncle Louis.

1549. — En cette année, la commune de Semousies fit fondre une cloche, qui reçut le nom de *Marie*. Elle est encore aujourd'hui au clocher de l'église paroissiale.

1555. — Georges était alors député à la chambre de la noblesse des Etats du Hainaut, et, en cette qualité, il assista à la réception de Philippe II dans les Pays-Bas.

1566. — Il vivait encore en 1566. Après sa mort, ses biens passèrent à sa fille unique, qui suit.

Anne de Rolin.

Anne épousa : 1º Maximilien de Melun, vicomte de Gand; 2º Robert de Melun, marquis de Roubaix, mort en 1585, et n'eut de postérité ni de l'un ni de l'autre de ces époux, qui étaient frères germains.

1591. — La cense de Semousies, fief relevant anciennement de la seigneurie du Sart-de-Dourlers, et depuis de celle d'Aymeries, fut réunie, en 1591, à cette dernière terre, par droit de bâtardise exercé à la mort de Charles, bâtard d'Eclaibes, qui tint, à titre de provision pour lui et ses frères et sœurs, les biens de leur père, Jean III, seigneur d'Eclaibes, mort en 1581.

1600-1603. — Cette dame, après avoir institué sa nièce, Pierre-Hippolyte de Melun, légataire universelle de tous ses biens d'acquêts et son héritière mobilière, suivant testament du 8 décembre 1600, augmenté d'un codicile du 14 avril 1603, mourut quelques jours après cette dernière date, dans un grand âge. Elle eut pour héritières de ses autres immeubles, ses cousines : 1° Jeanne de Rolin, fille de François, sgr. de Beaucamps, et veuve de Charles le Danois, sgr. de Joffreville ; 2° Madeleine de Chambellan, fille de Nicolas, sgr. d'Oisilly et de Suzanne de Rolin, et veuve de Jean d'Epinac.

Jeanne de Rolin et Madeleine de Chambellan.

1603-1610. — La succession d'Anne de Rolin resta indivise, pendant plusieurs années, entre les deux héritières, qui contestaient réciproquement leurs droits. Elles s'entendirent néanmoins à la fin : par un accord du 12 mai 1607, homologué au conseil privé des archiducs le 16 mai 1609, elles convinrent de partager les biens par moitié. Ce ne fut toutefois encore que le 22 juin 1610 que le partage fut réalisé. La terre d'Aymeries, — amoindrie des villages de Raismes et de Préseau, et de plus de la Grande-Forêt de Raismes, qui allèrent à Jeanne, échut à Madeleine (1).

Madeleine de Chambellan et ses trois filles.

1610-1618. — Cette dame, « mise en curatelle dès 1603, « à cause de son indisposition et débilité, » fut toujours représentée, depuis, par trois curateurs, dont la nomination

---

(1) La plupart des renseignements donnés sur les héritières d'Anne de Rolin sont dus à M. le comte L. d'Esclaibes, avocat à Douai, dont l'obligeance égale le savoir.   (A. J. M.).

fut sanctionnée par le parlement de Bourgogne des 6 octobre 1603 et du 2 août 1608. Ils gérèrent ses domaines jusqu'à sa mort, arrivée vers 1615.

1615. — En cette année, le couvent d'Hautmont assigna, avec l'agrément du vicariat de Cambrai, les revenus de la chapelle de Hairon-Fontaine aux églises de Dourlers et de St.-Aubin, chacune pour un quart, et de Semousies pour le surplus, qui fut retiré en 1689 (1).

1651-1618. — Madeleine de Chambellan laissa pour héritières ses trois filles : Guicharde, Suzanne et Antoinette d'Epinac ; mais, par suite d'incidents divers, elles ne purent faire entre elles le partage de ses biens qu'en juillet 1618. Il en fut formé trois lots, qui devinrent autant de fiefs particuliers, en vertu de lettres-patentes des archiducs du 25 juillet 1610. Le Sart-de-Dourlers, avec Ecuelin, Mécrimont, le Grand-Bois Leroy, le bois du Hallois, et les fiefs dits d'Avesnes composèrent le lot d'Antoine de Lestang, à titre de sa mère, Guicharde d'Epinac, décédée veuve de Louis de Lestang, chevalier, seigneur du Sablon (2).

Antoine de Lestang.

1617. — Sous le nom de seigneur du Sablon, Antoine de

---

(1) M. Z. Piérart, *Notice histor.*, p. 12.

(2) Madeleine avait eu quatre enfants : Gaspard d'Epinac, mort avant 1600, laissant une fille, Claude, qui éleva, sans succès, des prétentions sur la succession de sa grand'mère ; Guicharde d'Epinac, veuve, avant 1608, de Louis de Lestang, chevalier, seigneur du Sablon ; Suzanne d'Epinac, femme de Jacques d'Apchon, chevalier, seigneur de Chenereilles ; Antoinette d'Epinac, veuve de Pierre d'Auvergne et remariée avec Jean du Bouzet de Marin, chevalier, seigneur de Ste.-Colombe. Dans le partage, le fils de Guicharde eut, comme on vient de le voir, le Sart-de-Dourlers et d'autres biens ; Suzanne obtint la Petite-Forêt de Raismes, qu'elle vendit bientôt au duc d'Arenberg ; et à Antoinette échut Aymeries, Pon¹, Quarte, Hargnies, la Porquerie, Hurtebise, etc.
A. J. M.)

Lestang avait épousé, en 1617, Ursule ou Urse de Montoye, dame de Saultain, à qui il avait assuré un douaire de 2,000 florins sur ses biens patrimoniaux (1).

1619. — Appelé à prendre part à la guerre de Bohême, il se rendit en Allemagne, où il mourut la veille de la Saint-Remi 1619, ne laissant qu'un fils unique, fort jeune.

Pendant cette année, les religieux de Liessies, en vue de s'affranchir de l'entretien du chœur de l'église de Floursies, auxquel ils étaient tenus comme décimateurs, transigèrent avec les habitants, qui en prirent la charge moyennant la somme de 225 fr., une fois payée (2).

C'est aussi à cette époque que l'on rapporte la fondation de l'ermitage du Mont-Dourlers.

Philippe de Lestang.

1619-1621. - La dame de Saultain, en qualité de bail et garde-noble de son fils mineur, Philippe de Lestang, rendit foi et hommage au comte de Hainaut, le 26 février 1620, pour les fiefs du Sart-de-Dourlers et d'Ecuelin, qui étaient échus à cet enfant dès 1619, par le décès de son père (3). Ce jeune seigneur mourut à Dourlers, en 1621, vers la St.-Remi (4).

Antoinette de Lestang.

1621. — Héritière de son neveu, Philippe de Lestang, elle se trouva dame du Sablon, de La Pérouse, du Sart-de-Dourlers, d'Ecuelin, de Mécrimont, du Grand-Bois Leroy,

---

(1) *Archives du Hainaut.*
(2) M. Z. Piérart, *Notice hist.*, p. 7.
(3) *Archives du Hainaut.*
(4) *Reg. de l'état-civil de Dourlers.*

du Bois du Hallois, des fiefs mouvant de la terre d'Avesnes. Elle eut de sérieux démêlés avec sa belle-sœur, la dame de Saultain, qui faisait des répétitions sur la succession de Philippe, en raison d'un douaire de 2,000 florins par an, et de divers avantages qu'elle prétendait lui avoir été assurés par feu son mari. Il s'ensuivit une procédure longue et coûteuse, qui força Antoinette à rester dans le pays pendant plusieurs années, pour mieux veiller à ses intérêts, et qui la mit dans l'obligation d'emprunter, pour subvenir à ses charges, la somme de 48,500 livres de France, qu'elle obtint en deux fois, savoir : en 1622, 30,000 livres, et, en 1624, 18,500 livres. — Tel était l'état des choses quand elle se maria avec son parent, Charles de Lestang, seigneur de Merat, qu'elle institua *son dernier héritier mobiliaire*. Ce ne fut qu'après des poursuites, la saisie et la vente judiciaire de certains biens affectés à la garantie de l'emprunt, qu'ils s'en trouvèrent libérés (1).

1622. — Dans l'intervalle, les troupes de Mansfeld et d'Alberstadt, surnommé l'*Evêque enragé*, traversèrent le Hainaut et passèrent à Dourlers, où elles commirent toutes sortes d'excès. Elles saccagèrent et brûlèrent, au centre du village, le presbytère et beaucoup d'autres maisons, et, au Mont-Dourlers, l'hôpital avec la chapelle, ainsi que les bâtiments de la ferme qui en dépendait (2). Deux ans plus tard, le curé obtint, de l'abbé d'Hautmont, un secours de 50 livres pour réparer les dégradations causées au presbytère à cette occasion (3).

1624. — On voit, dans un compte de 1624, que « les bois

---

(1) *Pièces de procédure.*
(2) *Archives locales.*
(3) M. Z. Piérart, *Notice histor.*, p. 28.

« de Dourlers étoient venus à peu de proufit, pour les ar-
« mées ennemye quy les avoient grandement dissipez, et
« ruinez les peuples (1). »

Alors, un procès s'éleva entre les villages de Floursies et
de Dourlers, au sujet des *aisements du Luyteau*. Les frais
dus à ce sujet par Dourlers, et qui n'ont été payés qu'un
siècle plus tard (le 12 juillet 1729), se sont élevés à 737 l.
10 s. hainaut (2)

1634. — Antoinette de Lestang et son mari firent un testament mutuel, portant la date du 3 janvier 1634 (3).
Cette dame mourut en 1635, sans laisser de lignée. Sa
tombe existe encore dans l'église de Dourlers, où son corps
fut inhumé, à la gauche de l'autel (4).

Marguerite de Lestang.

1635. — Elle hérita, de sa sœur Antoinette, les terres du
Sart-de-Dourlers, d'Eculin, et plusieurs autres fiefs en
Hainaut. Elle s'était mariée quelques années auparavant
avec Gabriel du Fay, baron de Virieu, Chananée, Mallavalle,
etc. (5).

En cette même année, commença une guerre longue et
désastreuse pour le plat pays. On lit dans le registre des
baptêmes de la paroisse de Dourlers, 1635, la mention suivante : « Le jour dier, 21 juillet 1635, fut arrestez la terre et
« la seigneurie du Sart-de-Dourlers, au profit du roi d'Es-
« pagne, ad cause de la guerre criée contre le roi de Fran-

---

(1) *Titres de la seigneurie.*
(2) *Archives locales.*
(3) *Pièces de procédure.*
(4) M. Z. Piérart. *Notice histor.*, p, 57.
(5) *Pièces de procédure.*

« che (1). » — Ailleurs, on trouve que la terre de Dourlers fut confisquée en 1635, parce qu'elle appartenait à « un « gentilhomme de nation françoise. » (2).

1636. — Et comme si la guerre ne devait pas suffire pour consterner les populations, la peste vint encore y ajouter ses maux affreux. Les habitants du pays eurent beaucoup à en souffrir en 1636 et dans les années suivantes (3).

1651. — Le curé de Dourlers baptisait à Avesnes, où il s'était retiré « ad cause des courries et de nostre armée « estant aux environs » de cette ville. C'est ce qu'il explique dans le registre de l'état-civil de l'année (4).

1654-1659. — La terre de Dourlers était toujours confisquée sur M. et Mme de Virieu (5).

1659. — Quand, après vingt-cinq ans de guerre et de calamités de toutes sortes, la paix fut enfin rétablie par le traité des Pyrénées, le pays était presque désert. Le château seigneurial de Dourlers, le moulin de St.-Aubin, banal pour toute la seigneurie, les maisons de Dourlers et de Semousies, étaient ruinés ; la plupart des bois des alentours se trouvaient « rasés à blanc estoc » : il n'y restait, de la belle futaie qui naguère en faisait l'ornement et la richesse, que les chênes n'ayant pas la grosseur d'une bûche ; tous les autres arbres avaient été employés aux fortifications de la place d'Avesnes (6).

1663 — Effectivement, les désastres avaient été si

---

(1) *Reg. de l'état-civil de Dourlers*, 1635.
(2) *Pièces de procédure.*
(3) *Ibidem.*
(4) *Reg. de l'état-civil de Dourlers*, année 1651.
(5) *Compte du receveur des confiscations.*
(6) *Titres de la seigneurie.*

grands, que, en 1663, le curé de Dourlers, en parlant de Semousies, disait que « ce lieu estoit encoire, pour le pré- « sent, désert et abandonné. » (1).

La baronne de Virieu, amenée, par des considérations d'intérêt, à vendre les biens qu'elle possédait dans le Hainaut, les exposa en adjudication le 9 janvier 1663 (2); mais cette démarche n'eut pas de succès. Elle parvint toutefois, quelques mois après, à réaliser ce projet : Nicolas Préseau, conseiller du roi au baillage royal d'Avesnes, s'en rendit acquéreur, par acte du 26 octobre 1663, ratifié le 12 septembre suivant, moyennant le prix de 70,000 francs, monnaie de France, dont la baronne lui donna quittance le 9 décembre 1664 (3).

Nicolas Préseau.

1663. — C'est ainsi que ce magistrat devint seigneur du Sart-de-Dourlers, d'Ecuelin, de Mécrimont et des fiefs d'A-vesnes. Il conserva peu de temps la terre de Dourlers.

1664. — En effet, par acte du 4 août 1664, il la revendit à Ernest (4) d'Esclaibes, chevalier, sgr. du Fayt, sergent-major du régiment du prince de Robecque, pour le prix de 37,805 florins 10 patars, outre certaines rentes conditionnées, et la moitié, montant à 504 florins, du droit de requint dû au suzerain. Nicolas Préseau accepta pour 6,000 florins, en déduction du prix, la terre du Fayt, consistant en une cense,

---

(1) *Reg. de l'état-civil de Dourlers*, année 1663.

(2) *Placard*.

(3) *Actes divers*.

(4) Il est appelé *Ernest-François* dans des actes du 12 avril 1677, et *Charles-Ernest* dans d'autres titres. Il signait *E. D'Esclaibes*.

en un muid de blé assis sur le moulin de Cartignies, et en d'autres menues rentes (1).

Ernest d'Esclaibes.

1664. — Quand Ernest d'Esclaibes prit possession du Sart-de-Dourlers, les villages qui le composaient, et notamment Semousies, étaient dans la plus triste situation. Ils se ressentaient toujours des calamités de la guerre.

1665-1668. — Ainsi, le receveur de la seigneurie disait dans son compte de 1665, que « tous les héritaiges y estoient « abandonné et aucun village tout désert. » En 1666, la location des biens communaux de Semousies eut lieu à Dourlers, « en tant, dit le bail, que le village dudit Se-- « mousies n'est rétably, ni célébrant la messe » (2). Ailleurs, on voit que, de 1666 à 1668, ces biens étaient « en « friche et le village désert. » (3).

1672. — Cet état de choses ne s'améliora guère pour Semousies que vers 1672. En cette année, on restaura l'église, en l'agrandissant.

1677. — Ernest d'Esclaibes, mestre de camp d'un terce d'infanterie wallonne, fit rapport, le 12 avril 1677, de la terre et seigneurie de Dourlers, pour sûreté de plusieurs rentes.

1688. — Alors, il était général de bataille, gouverneur de Bruxelles et membre du conseil de guerre du roi catholique, et sa terre du Sart-de-Dourlers, confisquée par le gouvernement français, était admodiée, à Jean de Roisin, pour la somme de 2,000 livres de France, qui fut comptée au rece-

---

(1) *Actes divers.*
(2) *Acte d'adjudication du 24 mai 1666.*
(3) *Comptes de la sg^{rie}.*

veur-général des confiscations, sauf 158 livres accordées en modération au locataire pour bois enlevés par les gens de guerre (1).

1690. — Les communes de Dourlers et de St.-Aubin payèrent, en 1690 et encore pendant les années suivantes, des contributions de guerre en vertu d'ordres émanant tantôt d'intendants espagnols, tantôt d'autorités hollandaises (2).

On ne connaît pas l'époque de la mort d'Ernest d'Esclaibes, qui avait épousé, en 1659, Antoinette de Calonne de Courtebourne, dont il eut une fille, qui lui succéda dans ses domaines.

Jeanne-Isabelle-Austerberte d'Esclaibes.

Cette dame, mariée avec Jacques-Henri de Croonendael, vicomte de Vliringue (3) ou Vlieringhe, conseiller-maître de la chambre des comptes et intendant des ville et district de Gand, hérita, de sa mère, le Sart-de-Dourlers.

1694. — Les troupes françaises étaient alors cantonnées, en grand nombre, du côté d'Aymeries et dans les villages du Sart-de-Dourlers. Les soldats ne se faisaient pas faute de piller tout ce qui était à leur convenance, absolument comme s'ils se fussent trouvés en pays ennemi. Ils enlevèrent 42 cordes de bois façonnés dans le Grand Bois-Leroy, et firent manger, par leurs chevaux, toutes les pâtures et prairies de la contrée (4). La terre de Dourlers était, dans ce temps-là, sous la main de la justice : elle avait été saisie par les créan-

---

(1) *Archives de la seigneurie de Dourlers.*
(2) *Archives communales de Dourlers.*
(3) C'est ainsi que les membres de cette famille signaient en 1718.
(4) *Comptes de la seigneurie de Dourlers.*

ciers de la vicomtesse de Vliringue, qui ne vivait pas en bonne intelligence avec son mari, tellement même qu'il y eut, entre eux, séparation de corps et de biens (1).

1695. — Le curé de Dourlers, Denis Honoré, avait fait bâtir, de son propre mouvement, le presbytère du lieu. Se croyant en droit de se faire rembourser de ses dépenses à cet égard, par les religieux d'Hautmont, décimateurs de la paroisse, il s'adressa à eux dans ce but, mais ils s'y refusèrent. Un arrêt du parlement de Flandre du 15 janvier 1696 vint justifier et sanctionner leur refus (2) : le curé en fut pour ses frais.

1700. — Vers cette époque, les habitants de Floursies se rebellèrent contre le seigneur du lieu, voulant s'affranchir de la banalité au moulin de St.-Aubin (3).

Dans la même année, un procès se poursuivit aussi avec chaleur, entre les communes de Dourlers et de Semousies, relativement à l'*Aisement du Luiteau*, qui avait une étendue de 111 rasières (4).

1702. — Le 29 juin, la grosse cloche de Dourlers, qui venait d'être fondue, fut bénite avec solennité (5).

1707. — Le Sart-de-Dourlers était encore alors sous la main des créanciers de la dame du lieu, à qui il fut attribué, pour sa provision, un tiers du revenu de cette terre (6).

1708-1709. — La dame de Vliringue était chargée de dettes. Pour y satisfaire et en outre pour pourvoir à ses be-

---

(1) *Acte de vente de* 1709.
(2) *Pièces de procédure.*
(3) *Pièces de procédure.*
(4) *Ibidem.*
(5) *Reg. de l'état-civil,* 1702.
(6) *Pièces de procédure.*

soins, elle se décida à vendre sa terre de Dourlers. Elle obtint de son mari, par lettres du 9 mars 1708, l'autorisation de réaliser cette aliénation (1). D'un autre côté, le roi de France, par diverses considérations, lui fit don et remise, selon des lettres-patentes données à Versailles, le 30 juin 1709, des fruits et revenus de ladite terre, qui, à défaut de relief, revenaient à S. M. pour tout le temps écoulé depuis que cette dame en avait pris possession ; mais sous l'obligation expresse qu'elle en rendrait foi et hommage au roi. Elle remplit cette formalité au bureau des finances à Douai, le 20 août suivant (2). Ce ne fut toutefois pas elle qui aliéna la terre de Dourlers, mais sa fille, à qui elle la donna « comme à son aîné hoir. » La dame de Vliringue avait 65 ans, quand elle mourut le 24 mars 1727.

Marie-Ernestine-Austerberte-Françoise de Croonendael.

1709. — Devenue propriétaire du Sart-de-Dourlers par la donation de sa mère, cette jeune héritière le vendit par acte passé à Valenciennes le 3 septembre 1709, pour le prix de 77,000 florins, indépendamment des droits seigneuriaux, à Pierre Bady, écuyer, sgr. d'Aymeries, conseiller secrétaire du roi, maison et couronne de France et de ses finances, chevalier de l'Eperon-d'Or et comte du Palais de Latran ; et s'en deshérita le lendemain au bureau des finances à Douai (3).

Melle de Croonendael, qui fut honorée de l'ordre de la Croix-Etoilée, épousa plus tard, Antoine-Ignace Vander-

---

(1) *Archives de la seigneurie.*
(2) *Archives de la seigneurie.*
(3) *Ibidem.*

Gracht, sgr. de Fretin, grand bailli héréditaire de Tournai et
du Tournesis , mort en novembre 1734. Elle lui survécut
jusqu'au 19 mai 1749.

Pierre Bady.

1709. — Au moyen des acquisitions que Pierre Bady
avait faites en 1693 et de celles qu'il réalisa en 1709, il se
trouva seigneur d'Aymeries, de la Porquerie, du Sart-de-
Dourlers. En 1679, il était qualifié « architecte des bastiments
« du roy » et avait l'entreprise générale des fortifications de
Maubeuge (1), où il gagna énormément d'argent. Il tenait
encore cette entreprise en 1689. Utilisant sa fortune, il avait
fait bâtir à Aymeries, un château à la moderne, qu'il avait
élevé sur les ruines de l'ancienne forteresse du lieu.

1710. — Le prévôt et les officiers de la terre de Dourlers
tinrent, à la tour du lieu, le 2 janvier 1710 « le siége des
« rentes seigneuriales. » Après avoir vaqué jusqu'à midi,
ils se rendirent chez le Sr Maton , l'un des détenteurs des
biens arrentés en 1452, pour y prendre leur repas ; mais ce
particulier, quoique prévenu d'avance de faire des dispositions
à cet égard, se borna à leur servir « environ trois livres de
« mauvais mouton dans un peu de bouillon , une petite
« épaule de mouton rôtie ou plutôt seichée au feu, environ
« de la largeur de la main, et un fromage de Marolles. »
Grand fut le désappointement de ces officiers, qui, après
avoir déclaré qu'il n'y avait pas là de quoi rassasier les sergents et les valets présents, et que d'ailleurs « le mouton,
« goûté, n'estoit pas mangeable par des honnêtes gens, »
se retirèrent, blessés du procédé, chez l'un d'eux, où on es-
pérait qu'ils oublieraient leur mésaventure ; mais il n'en fut

(1) *Actes de l'époque.*

rien : le lendemain, le sergent de l'office de la prévôté notifia au Sʳ Maton et à ses co-intéressés, l'ordre de recevoir, loger et défrayer le seigneur et ses officiers, « comme à leurs états « et conditions appartenoit, et de nourrir leurs chevaux « pendant ledit siége des rentes, » sous peine de poursuites judiciaires (1). Il est à croire que dès-lors toute satisfaction leur fut donnée par les tenanciers.

Les charges de guerre ne se bornaient pas à des fournitures de denrées, à des prestations diverses en nature : il y avait aussi à satisfaire à des réquisitions en argent. Ainsi les communes du Sart-de-Dourlers furent imposées, en 1710, à une taille spéciale pour subvenir tant aux dépenses de construction des lignes de la Trouille et du camp dessous Maubeuge, qu'aux frais de chauffage et d'éclairage des postes de la Sambre (2).

1710-1713. — Pierre Bady, en faisant l'acquisition de la terre de Dourlers, avait le dessein de démolir le vieux château seigneurial, qui ne consistait plus qu'en une tour, environnée de masures peu habitables et d'un vaste jardin, et de construire une jolie maison de campagne, à quelque distance de là, sur le ruisseau de la fontaine de St.-Eloi. Mais la présence des Hollandais et d'autres troupes étrangères dans la contrée, qu'ils occupèrent de 1710 à 1713, l'obligèrent à ajourner son projet. Dès que la paix d'Utrecht fut signée, il se mit à l'œuvre, et bientôt on vit s'élever, à l'endroit choisi, un joli bâtiment, qu'on a continué à appeler *le château*. Dans un acte de 1716, on cite « le château avec » basse-cour et jardins, et en 1723, il est désigné comme » un château nouvellement bâti. »

---

(1) *Acte signifié*.
(2) *Réquisitions*.

1715. — Pierre Bady jouit peu de cette habitation : il mourut à Aymeries le 25 novembre 1715, à l'âge de 69 ans, et fut enterré dans la chapelle de N. D. en l'église de Quarte. Il avait épousé, en 1671, Anne-Charlotte Bodart, de Namur, dont il eut plusieurs enfants, entre autres Antoine-François Bady, qui forma la branche des seigneurs de Dourlers.

Antoine-François Bady.

1715-1723. — Antoine-François Bady, écuyer, déjà grand-bailli de la terre et pairie d'Avesnes dès 1709, devint, à la mort de son père, seigneur du Sart-de-Dourlers, dont il fit le relief en 1723; et des terres de Normont, d'Arbre et de Rouville.

1723-1733. — De son temps, les anciennes contestations qui s'étaient jadis élevées entre les communes de Dourlers et de Semousies, au sujet de la possession et jouissance du Luiteau, se reproduisirent plus vives que jamais. Après une procédure qui ne dura pas moins de dix ans, M. de Séchelle, intendant du Hainaut, décida, par une ordonnance du 30 juin 1733, « que ce warechaix demeurerait commun entre les deux villages. »

1735. — Antoine-François Bady finit ses jours à Dourlers et fut enterré, le 4 août 1735, dans un caveau pratiqué sous le chœur de l'église du lieu. Il eut de Marguerite de Rouillon de Castagne, qu'il avait épousée en 1708, et qui lui survécut jusqu'en 1760, onze enfants, dont plusieurs sont morts jeunes.

Antoine-François-Joseph Bady.

1735. — Il hérita d'Antoine-François Bady, son père, non-seulement les terres du Sart-de-Dourlers, de Normont, d'Arbre, de Ronville, etc.; mais encore l'office de grand-bailli et de prévôt de la terre et pairie d'Avesnes.

1748. — Il épousa, en 1748, Thérèse-Josephe de la Fitte de Caupenne, qu'il perdit l'année suivante. Plus tard, il se remaria avec Anne-Louise L'Amirault de Cerny.

1758-1759. — Marguerite de Rouillon, dame douairière de Dourlers, plaida, pendant ces années, avec les communes de Dourlers et de St.-Aubin, relativement au droit de plantation qu'elle prétendait avoir sur leurs chemins. On ne connaît pas l'issue de ces procès, qui furent portés devant le Parlement de Flandre.

1768-1771. — Il survint encore, en 1768, de nouvelles difficultés au sujet des aisements du Luiteau. L'intendant Taboureau pensa les trancher en prescrivant, le 14 août 1769, l'exécution de l'ordonnance de 1733; mais on ne s'en tint pas là : on recourut aux tribunaux. Autorisée, par un arrêt de la cour du parlement de Flandre du 1er août 1769, à faire défricher ces aisements, la commune de Semousies procéda au défrichement et vendit les bois en provenant à son profit, mais la municipalité de Dourlers fit opposition au payement. Près de deux ans s'écoulèrent en contestations, en procédures, qui ne finirent que par une transaction. D'après l'acte de cet accord, daté du 17 juin 1771, et homologué par le conseil supérieur de ladite cour, le 29 novembre suivant, Dourlers eut en propriété les deux tiers du Luiteau, et Semousies l'autre tiers, à prendre du côté de ce village.

1780. — Le seigneur de Dourlers termina sa carrière à Chaumont, le 14 octobre 1780, à l'âge de 67 ans, sans laisser de postérité : une fille qu'il avait eue de son premier mariage était morte longtemps auparavant. Son frère, Bertrand-Joseph Bady de Normont, recueillit sa succession.

Bertrand-Joseph Bady.

1780. — Ce gentilhomme, après le décès de son frère aîné, se trouva possesseur des terres du Sart-de-Dourlers, d'Arbre, de Normont, de Marolles, de Poligny, de Chauffour, de Bidan, et de la charge de grand-bailli de la terre et pairie d'Avesnes. Né le 12 avril 1719, il avait embrassé jeune encore la carrière des armes, et avait obtenu le grade de capitaine dans le régiment de Richelieu-infanterie, puis dans celui de Rohan. Quoique estropié, par suite d'un coup de feu qu'il avait reçu à la bataille d'Ettingen en 1743, et qui lui avait brisé la clavicule droite, il s'était néanmoins marié, en février 1750, avec Marie-Françoise-Joseph Narcisse de Bande de Rainsart, dont il était resté veuf le 21 juin 1759.

1781. A peine se fut-il mis en possession des biens de son frère, qu'il sollicita l'érection en *comté*, sous la dénomination de *comté de Normont*, de sa terre du Sart-de-Dourlers. Sa demande fut admise par lettres-patentes du mois d'avril 1781.

1788. — Bertrand-Joseph Bady mourut à Dourlers le 8 juin 1788, laissant trois enfants : Charles, Bertrand et Marie-Ferdinande Bady.

Charles Bady.

1788. — Charles Bady, comte de Normont, né à Avesnes le 15 juillet 1756, fut le dernier seigneur de la terre de Dourlers, qui lui échut à la mort de son père en 1788. Ce gentilhomme, qui avait servi comme lieutenant, puis comme capitaine dans le régiment de Royal-Dragons, était, en 1786, lieutenant des maréchaux de France au département d'Avesnes.

1789. — De grands événements se préparaient alors ; le
peuple, poussé par les idées révolutionnaires, qui gagnaient
partout, s'exaltait, s'inquiétait et s'agitait : il se préparait
à la lutte. Les premières manifestations qui se produisirent
dans la seigneurie de Dourlers sont dues à des habitants de
St.-Aubin, qui, quelques jours après la prise de la Bastille,
en juillet 1789, envahirent le château de Dourlers, comptant
y trouver le comte ; mais il avait trouvé bon de s'esquiver à
l'avance. Ils n'y causèrent, du reste, que quelques dégâts.
Ils arrachèrent, dans la cour, plusieurs sapins, dont le plus
beau fut choisi pour servir d'*arbre de la Liberté*.

1791-1793. — Cependant le comte de Normont, au lieu
de protester contre la révolution, sembla au contraire prendre parti pour elle. Il fut nommé, en 1791, commandant-
général de la garde nationale d'Avesnes ; puis il figura, l'année suivante, sur la liste des douze notables de la municipalité
de Dourlers. — Jusqu'en 1793, il continua à habiter le
château de ce lieu, sans que rien vînt sérieusement troubler
son repos. Mais, à partir de juin de cette année, on ne garda
plus de mesures envers lui. Sous prétexte qu'il recélait des
armes, des habitants des villages voisins vinrent, en bandes,
faire irruption dans le château, avec l'intention bien arrêtée
de lui faire un mauvais parti ; cette fois encore il leur
échappa. Vexés de ce nouvel échec, ils se retirèrent désap-
pointés et en menaçant de revenir en force pour piller et
brûler le château. Heureusement que l'administration du
district envoya le lendemain, sur les lieux, un détachement
de dragons pour sauvegarder la personne et les propriétés
du comte. Mais au point où les passions étaient arrivées, il
ne pouvait plus guère espérer de se soustraire aux vengean-
ces de ses ennemis. Dénoncé au directoire du district pour
avoir tenu des propos contre-révolutionnaires, il fut enlevé,
de nuit, dans les derniers jours d'août, par une bande armée,

qui le conduisit à Avesnes, où il fut mis au secret. Il fut presque aussitôt rendu à la population de Dourlers, qui était allée, en masse, le réclamer à l'autorité. En rentrant, la commune le chargea d'une mission délicate à Paris, et il s'en acquitta incontinent et à la satisfaction générale. Mais, sur ces entrefaites, déclaré suspect, il trouva, à son retour, un ordre de transportation dans l'intérieur. Il s'y soumit de bonne grâce, et alla se fixer dans le district de Laon, à Colligis, d'où bientôt il fut renvoyé à Avesnes. Mais en passant à Marle, quoique porteur de bons certificats, il fut arrêté et conduit, sous bonne escorte à Laon, où on le dénonça comme ennemi de la révolution. Prévoyant que, dans une telle situation, il pouvait lui arriver malheur, il tenta, pendant la nuit, de s'échapper de la maison où il était gardé à vue. Ce ne fut pas sans peine qu'il y parvint, surtout que, en sautant d'une fenêtre assez élevée, il s'était foulé le pied. Néanmoins, aidé de son valet de chambre Michaud, qui lui était entièrement dévoué, il put arriver à Rainsars par des chemins détournés et après une marche non moins pénible que dangereuse. Il séjourna en ce lieu le temps nécessaire pour guérir sa blessure. Dès qu'il le put, il gagna la frontière et se dirigea sur le Brabant; il arriva sur les frontières de cette province le 5 octobre. De là, il se rendit à Bruxelles, puis à Hambourg, où il se fixa momentanément.

Dans l'intervalle, le château de Dourlers avait été pillé et dévasté, et un corps de l'armée autrichienne était venu, le 8 septembre, camper près du bois d'Eclaibes. Pendant 35 jours qu'ils occupèrent cette position, les soldats du camp ne cessèrent de marauder dans les villages des alentours, et leurs rapines ne se bornaient pas toujours à de simples victuailles : ils enlevaient même des bestiaux. Mais au bout de ce temps, l'ennemi ayant eu connaissance des mouvements de l'armée française du côté d'Avesnes, descendit et se posta dans le village de Dourlers, où il se fortifia. Deux habitants, pris pour espions, furent alors chargés de fers et conduits à Valenciennes : on n'entendit plus jamais parler d'eux.

Jourdan, accompagné de Carnot, s'avança le 14 par la Cense-à-Longe, en suivant la lisière de la Haie-d'Avesnes, afin de reconnaître le terrain. Des paysans furent requis, en grand nombre, dans les communes voisines, pour barrer les chemins, couper les haies, établir ou relever des forts, des redoutes. On ouvrit de larges trouées, à travers les pâtures, pour le passage de l'artillerie et de la cavalerie qu'on voulait diriger sur Dourlers. — Le lendemain 15, à la pointe du jour, l'armée française alla occuper les positions qui lui avaient été assignées en face de l'ennemi. Les deux ailes se portèrent, l'une sur Wattignies, l'autre sur St.-Remi-Chaussée et Monceau. Le centre, sous les ordres du général Balland, se plaça sur les hauteurs dominant, au sud, les villages de St.-Aubin, Dourlers et Semousies. La principale attaque fut dirigée contre le gros du village de Dourlers. Trois fois les Français attaquèrent et enlevèrent à la bayonnette les positions ennemies, trois fois ils furent obligés de les abandonner. On se battit corps à corps, dans les rues et les ruelles, dans les maisons, derrière les murs et les arbres. Il y eut là un carnage épouvantable. De part et d'autre, on fit de grandes pertes : après le combat, plus de 1500 républicains jonchaient la terre de leurs cadavres. Le château, l'église et la plupart des habitations du village étaient criblés de boulets et de projectiles de toutes sortes. Vingt-trois maisons avaient été brûlées durant l'action, par l'effet de la canonnade, où les obus jouèrent le principal rôle. Pour atténuer les dégâts causés par les armées, la Convention nationale alloua, plus tard, des fonds de secours, sur lesquels Dourlers obtint 14,580 fr., dont 2,080 fr. pour les incendiés, et 12,500 fr.

pour ceux qui avaient éprouvé des pertes d'une autre manière. — Le 16, pendant que l'aile droite des Français opérait sur Wattignies, la division Balland marcha de nouveau sur Dourlers, défendu par des grenadiers bohémiens. L'ennemi ne put tenir devant l'impétuosité de nos jeunes soldats, qui, cette fois, le forcèrent à abandonner le terrain, non sans lui faire éprouver, dans sa retraite, des pertes considérables. Pendant ce temps, Jourdan triomphait aussi sur la droite : la victoire de Wattignies, qui le couvrit de gloire, amena bientôt le déblocus de Maubeuge (1),

Ans II et III. — Peu de temps après cet événement, les biens de Charles Bady, émigré, furent confisqués et déclarés domaines nationaux. Suivant le sommier dit des émigrés, déposé aux archives de l'administration des domaines, il a été vendu de ces biens, en l'an II et en l'an III de la république, pour 878,675 livres, dont :

1° en immeubles. . . . . . 836,134 livres.
2° en meubles 42,541
                             —————————
                             878,675 livres.

An VI. — Ce fut seulement le 17 prairial an VI que le château de Dourlers, avec huit rasières de terrain y tenant, fut vendu. Après soixante enchères successivement admises, l'adjudication fut prononcée moyennant 108,000 francs, à M. André, de Douai, qui déclara pour commands les époux Wiringer.

An XI. — Par arrêté du 12 prairial an XI, le gouvernement français accorda à Charles Bady, pour lui tenir lieu de

_____

(1) M. Zéphir Piérart a donné des relations très-intéressantes de la célèbre bataille de Wattignies, dans ses *Recherches historiques sur Maubeuge* et dans sa *Notice historique* sur la terre de Dourlers. (A J.M.)

la moitié du produit, de cette année, des coupes de ses bois séquestrés, la somme de 12,834 fr. 28 c.

1807. — Par acte du 17 mai 1807, les époux Wiringer rétrocédèrent à l'ancien propriétaire le château de Dourlers et divers autres biens, pour le prix de 6,000 francs. Déjà M. Charles Bady était rentré en possession de la Cense de la *Basse-Court* et de beaucoup de biens en dépendant, par la vente que lui en avait faite, le mercredi 8 mai 1809, moyennant la somme de 21,725 fr., le Sr Cuisset, qui s'en était rendu acquéreur, en ventôse an XI, pour le prix de 43,300 livres.

1810. — Tout le *Luiteau* fut incorporé, lors de l'établissement du cadastre, dans la circonscription territoriale de Semousies, qui, en compensation, abandonna d'autres terrains à la commune de Dourlers.

1813. — Sur la fin de cette année, des convois de soldats français, blessés ou malades de dyssenterie, venant de l'armée, passèrent au Mont-Dourlers, se dirigeant sur Avesnes, où la maladie fit de nombreuses victimes, surtout parmi les principales familles de la ville.

1814. — En février, les Russes traversèrent aussi la commune se dirigeant sur la Champagne.

1815. — Le 12 juin, Napoléon, précédé de sa garde et se rendant à Beaumont, passa sur la route de Solre-le-Château, limite du territoire de Semousies.

Après la désastreuse bataille de Waterloo, si funeste à la France, les villages de Dourlers, de Floursies, de Semousies et de St.-Aubin furent envahis par les Prussiens, qui les occupèrent du 20 juin au mois de décembre 1815.

1815-1818. — Des troupes russes vinrent remplacer les Prussiens. Une compagnie d'artillerie forte de 120 hommes et de 200 chevaux, prit ses cantonnements à Dourlers et y resta jusqu'en novembre 1818. Les communes voisines eurent également leur contingent des troupes russes d'occupation.

1833. — Le roi Louis-Philippe Ier passa au Mont-Dourlers en janvier de cette année.

1833. — Vers la fin de juillet de cette année, Charles Bady, comte de Normont, termina ses jours à Bruxelles. Sa succession échut à son frère, Bertrand Bady, qui se trouva ainsi posséder tous les biens de la branche.

1845. — Ce gentilhomme mourut, à son tour, à Quiévrechain, le 20 septembre 1845, après avoir légué presque toute sa fortune à sa parente, Madame la marquise de Nédonchel (1) (2)]

---

(1) Voir ce qui a été dit ci-avant, page 17, en note.
(2) Toutes les notes du titre II sont de l'éditeur.

TABLE DES MATIÈRES.